Les Ronces vosgiennes
par l'abbé J.-N. Boulay

5 livraisons et tableau synoptique

(oct. 1865 - juin 1868.)

DESCRIPTION DES ESPÈCES

D'APRÈS DES NOTES PRISES SUR LE FRAIS.

1. Rubus fastigiatus W. et N. — Tige foliifère dressée, arquée au sommet, anguleuse, canaliculée sur les faces, garnie d'aiguillons espacés, dilatés à la base, droits, courbés vers l'extrémité de la tige.

Folioles 5, grandes, munies de quelques poils courts en dessus, mollement et peu velues en dessous, régulièrement dentées en scie ; dents ovales, le plus souvent simples, cuspidées.

Fol. terminale régul. ovale ou ovale-oblongue, un peu creusée en cœur à la base, très-longuement et finement acuminée au sommet.

Rameau florifère court, anguleux, muni de quelques aiguillons crochus et d'une villosité courte.

Inflorescence en grappe simple, rameuse à la base seulement par exception, étroite, allongée ; composée de pédoncules maigres, dressés, munis de bractées d'abord trifides, à la fin entières.

Axe floral et pédonc. presque inermes, légèrement feutrés.

Calice inerme, à divisions ovales, vertes et pubescentes sur le dos, bordées de blanc, acuminées, réfléchies.

Pétales grands, largement ovales, blancs ou légèrement rosés.

Filets des étamines et styles blanchâtres ; ceux-ci plus courts que les étamines.

Fruit d'un noir rougeâtre, formé de carpelles peu nombreux, glabres.

2. B. rosulentus P. J. Müll. — Tige foliif. grêle, nettement anguleuse, plane sur les faces dans toute sa longueur, garnie d'aiguillons espacés, brièvement dilatés, bientôt subitement rétrécis, fins, légèrement courbés-falciformes, couverte, en outre, de glandes sessiles abondantes, fugaces, du reste glabre.

Folioles 3 à la base de la tige, 5, du reste, munies de poils courts et peu apparents en dessus, brièvement et finement velues en dessous, doublement dentées ordinairement; dents médiocres, ovales-cuspidées.

Fol. terminale creusée en cœur à la base, passant de la forme ovale-oblongue à la forme ovale-orbiculaire, longuement et finement acuminée au sommet.

Pétiole creusé en dessus, garni d'aiguillons crochus.

Rameau florif. mollement velu, obtusément anguleux, muni de quelques aiguillons falciformes, le plus souvent inerme.

Fol, 3, peu velues en dessus ; mollement et brièvement veloutées en dessous, crénelées ou doublement dentées; dents larges, arrondies, simplement aigües ou obtusément mucronées ; les deux fol. latérales presque sessiles, la terminale orbiculaire-obovée ou rhombée.

Pétiole profondément canaliculé en dessus.

Panicule corymbiforme, commençant à l'aisselle des 1-2 feuilles supérieures ternées par des pédonc. étalés-dressés, allongés, généralement simples, garnie ensuite d'une foliole bractéale ovale ou trilobée, libre enfin et composée de pédonc. simples, divariqués ou ascendants, allongés.

Calice étalé, non réfléchi, à divisions vertes et velues sur le dos, bordées de blanc, médiocrement acuminées.

Pétales d'adord rosés, à la fin blancs, obovés-oblongs, onguiculés à la base, arrondis au sommet, ciliés sur les bords, pubescents sur le dos.

Styles verdâtres plus courts que les étamines.

Fruit ovale, composé de carpelles arrondis, glabres.

Ces deux premières espèces ont une floraison très-précoce.

5. R. hemistemon P. J. Müll. — Tige arquée-procombante, nettement anguleuse, convexe à la base, plane au milieu, canaliculée au sommet sur les faces, garnie d'aig. nombreux, petits mais forts, inégaux, droits ou un peu déclinés, légèrement falciformes vers l'extrémité, couverte de glandes sessiles, abondantes et de quelques poils rares, glabrescente.

Pétiole légèrement canaliculé en dessus, garni d'aiguillons falciformes.

Folioles 5, 5 seulement à la base de la tige, munies en dessus de quelques poils courts, sériés, couvertes en dessous d'une villosité courte, asssez rude, plus ou moins abondante, ordinairement doublement dentées; dents petites ovales ou triangulaires, terminées par un mucron court érigé. Les deux fol. inférieures oblongues; les deux intermédiaires obovées-rhomboïdales; la terminale plus ou moins largement ovale-oblongue, arrondie ou très-légèrement émarginée à la base, aiguë ou brièvement accuminée au sommet.

Rameau florif. droit, presque arrondi, garni d'aig. assez nombreux, légèrement déclinés-falciformes, et d'une villosité entre-croisée plus ou moins épaisse.

Panicule allongée oblongue, tronquée au sommet, commençant à l'aisselle des 3 – 6 feuilles sup. ternées et munie jusqu'au sommet de bractées foliacées ovales.

Pédoncules dressés un peu étalés; les infér. pluriflores, les supérieurs triflores, racémiformes, allongés; pédicelles courts. Axe et pédonc. garnis d'aig. fins, droits, déclinés ou falcif., d'une villosité peu fournie et de quelques glandes sessiles.

Calice garni de soies rares. de quelques glandes fines, brièvement pédicellées et d'un duvet flocconneux ; les divisions étalées, vertes sur le dos, bordées de blanc, médiocrement acuminées.

Pétales petits, blancs ou un peu rosés, largement obovés, brièvement onguiculés à la base, arrondis souvent denticulés au sommet, brièvement pubescents sur le dos, chiffonnés, dressés.

Etamines blanchâtres, plus courtes que les styles de près de moitié.

Styles nombreux, d'un vert jaunâtre.

Jeunes fruits glabres. Espèce très curieuse.

4. R. phyllostachys P. J. Müll. — Tige foliif. dressée-arquée, très vigoureuse, fortement canaliculée sur les faces, munie d'aiguillons espacés, relativement petits, droits ou légèrement déclinés-courbés, recouverte d'une pubescence clair-semée, caduque et de glandes sessiles abondantes.

Pétiole légèrement creusé à la base en dessus, armé de petits aig. courbés.

Folioles 5, complètement glabres en dessus, médiocrement pubescentes sur un fond blanchâtre-tomenteux en dessous ; réseau des nervures très saillant ; dentelure assez régulière et peu profonde, dents ovales ou arrondies terminées par un petit mucron étalé.

Toutes les fol. acuminées ; la terminale largement ovale, un peu creusée en cœur à la base, se terminant régulièrement en pointe au sommet.

Rameau florif. presque arrondi, pubescent, muni d'aig. espacés, déclinés-courbés.

Fol. 5, ovales, fortement dentées, ou même incisées.

Panicule allongée, étroite, très souvent feuillée jusqu'au

sommet, composée de pédonc. étalés-dressés, les inférieurs souvent pluriflores racémiformes, les supér. 2-5 flores et ombelliformes. Pédicelles longs et fins.

Axe floral et péd. aculéolés, gris pubescents.

Calice inerme, tomenteux, à divisions réfléchies, brièvement acuminées.

Pétales grands rosés presque blancs, obovales arrondis au sommet rétrécis en onglet à la base.

Styles d'un jaune verdâtre plus courts que les étamines.

Filets des étamines blancs, anthères verdâtres.

Carpelles assez nombreux, médiocres, rarement munis de quelques poils au sommet, non déprimés à la base du style.

4 bis. R. phyllostachys *forma angustifolia.*

Cette variété diffère du type par les folioles de la tige et des rameaux florif. bien plus étroites ; par la dentelure double et plus profonde ; par la panicule généralement libre dans ses 2/3 supérieurs.

Les pétales et les étamines sont roses ; les styles, jaunâtres au sommet, sont rosés à la base.

Les glandes sessiles sont aussi moins abondantes sur la tige. Tous les autres caractères sont les mêmes dans les deux formes.

Il est à remarquer que les *Rubus* croissant à l'ombre ont les fleurs plus fortement rosées que lorsqu'ils sont exposés à l'air libre et au grand soleil.

5. R. speciosus P. J. Müll. — Tige arquée-procombante, anguleuse, très obtusément à la base, canaliculée sur les faces à l'extrémité, garnie d'aig. épars, robustes à base conique, droits, légèrement courbés vers

l'extrémité, couverte de glandes sessiles, fines et caduques, de poils étalés vers la base et d'un duvet flocconneux très fin sur le reste de son étendue.

Pétiole légèrement sillonné en dessus, garni d'aig. falcif. Stipules linéaires.

Fol. 5, à la base de la tige et parfois à l'extrémité, 5, au milieu, assez longuement pétiolulcés, vertes et glabres en dessus, blanches-tomenteuses en dessous, d'une consistance ferme, superficiellement et inégalement dentées ; dents triangulaires mucronées ou arrondies. Fol, terminale entière à la base ou très légèrement émarginée près du pétiole, un peu rétrécie au dessus, assez subitement contractée et médiocrement acuminé au sommet, d'où résulte une forme obovée peu distincte.

Rameau florif. obtusément anguleux, pubescent, garni d'aig. espacés, inégaux, légèrement falcif. et réfléchis.

Fol. 3, ovales - rhombées , aiguës , superficiellement dentées, blanches-tomenteuses en dessous.

Panicule oblongue, atteignant un beau développement, commençant à l'aisselle des 1 - 2 rarement 5 f. sup. ternées par des pédonc. étalés pauciflores, garnie ensuite d'une foliole ovale, libre enfin dans ses 3/4 sup. et composée de pédonc. régulièrement espacés, divariqués, 2 - 3 flores, accompagnés de bractées entières ou trifides presque aussi longues qu'eux. Pédicelles courts.

Axe floral et pédicelles munis d'une villosité étalée sur un fond tomenteux ; l'axe garni d'aig. longs, droits ou un peu déclinés ; les pédicelles aciculés.

Calice tomenteux, non aciculé, à divisions réfléchies médiocrement acuminées.

Pétales assez grands, chiffonnés, roses à l'ouverture de la fleur et surtout à l'ombre, à la fin presque blancs quand la plante croît exposée au soleil, largement ovales presque orbiculaires, onguiculés à la base, ciliés sur les bords, pubescents sur les deux faces.

Etamines à filets blancs ou rosés, plus longues que les styles ; ceux-ci verdâtres.

Carpelles mûrs nombreux, assez gros, glabres ou munis de quelques poils à peine, médiocrement déprimés à la base du style.

6. **R. procerus** P. J.. Müll. — Tige très-vigoureuse, arquée-procombante, anguleuse, un peu canalicul. sur les faces, garnie d'aig. très-dilatés à la base, robustes, les infér. droits, les supérieurs généralement déclinés et courbés, munie aussi de quelques poils étoilés peu abondants et fugaces.

Pétiole plan en dessus, pubescent, muni d'aig. crochus. très-dilatés à la base.

Folioles 5, complètement glabres en dessus, brièvement pubescentes sur un fond tomenteux blanc plus ou moins fourni en dessous, simplement et assez régul. dentées; dents inégales, assez profondes, ovales triangulaires acuminées et étalées. Les 4 fol. infér. obovées-rhomboïdales, brièvement acuminées, la terminale tronquée à la base, largement ovale ou rhombée, largement et brièvement acuminée au sommet.

Rameau florif. anguleux, pubescent-flocconneux à la base, velu sur un un fond tomenteux au sommet, garni dans toute sa longueur d'aig. espacés, dilatés à la base, ensuite déclinés, mais peu courbés.

Fol. 5 ordinairement à la base du rameau, 5 du reste, glabres en dessus, blanches en dessous, inégalement cuspidées-dentées; la fol. terminale obovée-rhomboïdale, médiocrement acuminée.

Panicule oblongue, ordinairement très développée, commençant à l'aisselle des 2-5 dernières feuilles ternées par des pédonc. assez courts, étalés-dressés, garnie ensuite d'1 à à 5 folioles ovales, libre enfin dans son tiers supérieur et composée de pédonc. étalés-ascendants, 2-5 flores sur les échant. appauvris, pluriflores et même multiflores, corymbiformes sur les échant. ordinaires.

Axe et péd. garnis d'aig. petits, assez nombreux, falcif.

Calice tomenteux, peu velu, à divisions réfléchies, brièvement acuminées,

Pétales grands, ovales-orbiculaires, brièvement onguiculés, pubescents, d'abord roses, à la fin presque blancs.

Styles bien plus courts que les étamines à l'ouverture de la fleur, arrivant ensuite à les égaler, jaunâtres.

Carpelles en capitule ovale, peu nombreux, munis de quelques poils au sommet.

7. R. robustus P. J. Müll. — Tige dressée-arquée, angul. fortement canaliculée sur les faces, glabrescente, armée d'aig. espacés, très robustes, dilatés à la base, droits ou peu déclinés,

Pétiole un peu creusé à la base en dessus, plan du reste, pubescent, muni d'aig. espacés, à base dilatée, très crochus.

Folioles 5, glabres en dessus, blanches tomenteuses en dessous, irrégulièrement incisées, doublement dentées; dents triangul. acuminées. Les 4 fol. infér. ovales-oblongues, entières à la base, brièvement acuminées; la terminale à base arrondie, un peu cordiforme, orbiculaire, brièvement rétrécie et acuminée au sommet.

Rameau florif. presque arrondi, pubescent, garni d'aig. très espacés, très dilatés à la base, puis déclinés falciformes.

Fol. 5, profondément et inégalement dentées, la terminale orbiculaire.

Panicule très vaste, pyramidale-oblongue, commençant presque dès la base du rameau par des inflorescences partielles à l'aisselle des 4-8 dernières feuilles, garnie ensuite de larges bractées foliacées presque jusqu'au sommet, pédoncules très étalés, mais jamais divariqués, pluriflores.

Axe et péd. aculéolés, tomenteux.

Calice gros, blanc-tomenteux, divisions réfléchies, brièvement acuminées.

Pétales grands, largement ovales, presque orbiculaires, ciliés sur les bords, pubescents, rosés d'abord, à la fin blancs.

Carpelles nombreux, gros, ovales, glabres, ou rarement munis de quelques poils au sommet, non déprimés à la base du style.

8. **R. piletostachys** Godr. et Gr. — Tige dressée-arquée ou procombante, nettement angul. plane sur les faces ou un peu canaliculée surtout vers l'extrémité, garnie d'aig. assez nombreux, médiocres, peu dilatés à la base, subulés droits ou un peu déclinés, de glandes sessiles abondantes, quelques unes pédicellées très rares, et d'une villosité crépue, étalée et rude vers la base.

Pétiole plan en dessus, muni d'aig. falciformes.

Stipules linéaires filiformes.

Folioles 5, 3-4 vers la base, d'un vert foncé en dessus, jaunâtres en dessous, munies en dessus, de quelque poils apprimés, et en dessous d'une villosité courte et veloutée.

Dents simples, ovales-cuspidées. Toutes les fol. longuement pétiolulées; les 4 inf. oblongues-elliptiques rhombées; la terminale assez longuement et finement acuminée, émarginée à la base.

Rameau florif. arrondi ou obtusément anguleux, garni à la base d'une villosité médiocrement fournie entre-croisée, mais très épaisse et feutrée au sommet, d'aig. espacés, médiocres, déclinés très légèrement falcif. mêlés à d'autres quelquefois très petits et droits.

Fol. 5, ovales, acuminées au sommet, échancrées à la base, velues comme celles de la tige.

Panicule peu développée, oblongue, étroite, commençant à l'aisselle des 1 - 5 f. supér. ternées par des pédonc. ascendants 1 - 5 flores, garnie ensuite de 1 - 2 bractées foliacées ovales, s'élevant peu au dessus et composée alors de pédonc. très étalés, irrégul. divisés 2 - 5 flores.

Calice feutré tomenteux-grisâtre, muni de glandes sessiles et de quelques autres fines et brièvement pédicellées ; les divisions réfléchies, brièvement accuminées, excepté celles de la fleur terminale qui sont appendiculées.

Pétales assez grands, rosés, obovés, rétrécis onguiculés, glabres en dessus, pubescents sur le dos, étalés-dressés.

Filets des étamines blancs; styles plus courts, verdâtres.

Carpelles glabres, nombreux, gros.

Nous publierons la même espèce croissant dans la même localité, mais à l'ombre.

9. **R. umbraticus** P. J. Müll. — Tige arquée-procombante, nettement anguleuse, plane sur les faces, garnie d'aig. presque égaux, médiocres, un peu élargis à à la base, droits, de glandes sessiles nombreuses et de poils étalés épars,

Pétiole plan en dessus, garni d'aig. falcif. et de glandes pédicellées.

Folioles 5, assez épaisses, vertes et à peu près glabres en

dessus, jaunâtres, munies d'une villosité épaisse et veloutée en dessous, irrégul. et souvent doublement dentées surtout vers le sommet ; dents assez profondes, triangulaires cuspidées.

Fol. toutes pétiolulés et entières à la base ; les 4 infér. oblongues-elliptiques ou obovées, la terminale ovale-orbiculaire, assez longuement acuminée.

Rameau florif. presque arrondi, velu, muni d'aig. assez nombreux, parfois groupés, déclinés, et de glandes pédicellées rares à la base, devenant plus abondantes sur l'axe floral et les pédonc., très nombreuses sur les calices.

Fol. 5, brièvement acuminées, veloutées jaunâtres en dessous, irrégulièrement incisées-dentées ; la terminale ovale-orbiculaire.

Panicule généralement peu développée, commençant à l'aisselle des 2 f. supér. par des pédonc. étalés-dressés pauciflores, s'élevant peu au dessus et composée alors de pédonc. généralement divariqués 2-3 flores et qui vont en décroissant vers le sommet.

Les pédonc. et les pédicelles velus, aciculés.

Calice feutré, glanduleux et aciculé, à divisions longuement acuminées, réfléchies.

Pétales largement obovés-oblongs, assez grands, rosés, pubescents sur le dos.

Styles verdâtres plus courts que les étamines.

Carpelles assez nombreux, médiocres, glabres, réniformes, obtus au sommet, non déprimés à la base du style.

10. R. amphichloros P. J. Müll. — Tige arquée-procombante, nettement anguleuse, plane sur les faces, légèrement canaliculée vers l'extrémité.

Pétiole plan un peu creusé vers la base en dessus.

Pétales oblongs, arrondis au sommet, rétrécis en un large onglet avec une tache verdâtre à la base, blancs, légèrement rosés.

Filets des étamines blancs, souvent roses à la fin ; anthères verdâtres.

Styles bien plus courts que les étamines, légèrement rosés à la base, jaunâtres au sommet.

Carpelles mûrs nombreux, disposés en capitule globuleux serré, médiocres, glabres. A la base du style on remarque une dépression profonde et allongée.

Pour la descript. complète, V. Müll, *in Bonplandia*, 1861, *p.* 279.

Cette espèce très caractérisée est commune sur le grès bigarré des environs de Rambervillers, elle se retrouve également et identique sur le muschelkalk à Xaffévillers et sur le granit dans les Hautes-Vosges.

11. R. calvescens P. J. Müll. — Tige arquée-procombante, nettement angul. dès la base, un peu concave sur les faces vers l'extrémité, munie de quelques poils à la base, du reste glabre, garnie de glandes sessiles ou brièvement pédicellées également rares, plus abondantes à la base de la tige et à l'extrémité qu'au milieu. Aig. un peu inégaux, nombreux, assez petits, dilatés à la base puis fortement déclinés peu courbés.

Pétiole très légèrement canalicul. en dessus dans toute sa longueur, garni d'aig. falcif. crochus.

Stipules linéaires.

Fol. ordinairement 5, les 2 infér. élargies ou lobées en dehors, parfois 4, rarement 5, glabres en dessus, excepté à la base de la tige, où elles sont plus ou moins velues, munies en dessous d'une villosité courte et peu fournie vertes sur les deux faces, assez régulièrement et presque simplement dentées ; dents ovales assez profondes, termi-nées par un mucron étalé. La fol. terminale orbiculaire *(prise en pleine tige)*, émarginée à là base, subitement et assez longuement acuminée au sommet.

Rameau florif. à peu près arrondi, peu velu, garni d'aig. nombreux, fins, déclinés un peu falcif., et de glan-des sessiles céroïdes, quelques-unes pédicellées, très abon-dantes sur l'axe et les pédoncules.

Fol. 3, les 2 infér. ovales-oblong., la terminale rhom-bée, aiguë ou brièvement acuminée.

Panicule régulière, maigre à la base, élargie et tronquée au sommet, feuillée, ou s'élevant peu au-dessus des feuil-lés, composée de pédonc. dressés 2 - 5 flores, les pédonc. supérieurs plus étalés, à la fin presque divariqués, appu-yés sur des bractées foliacées d'abord ovales, puis lancé-olées et linéaires.

Axe et péd. garnis d'une pubescence peu fournie, de glandes, et de petits aig. nombreux, fins, droits ou légè-rement falcif.

Calice tomenteux grisâtre. inerme, garni de glandes sessiles et pédicellées abondantes ; les divisions réfléchies longuement acuminées, celles des fl. terminales appendi-culées.

Pétales assez grands, ovales, onguiculés à la base, rosés, à la fin presque blancs, glabres en dessus légère-ment pubescents sur le dos.

Filets des étamines légèrement rosés; styles bien plus courts, très légèrement rosés à la base ou entièrement verdâtres.

Carpelles assez nombreux, médiocres. glabres, légèrement déprimés à la base du style, disposés en capitule. globuleux.

12. R. leucanthemos P. J. Müll. — Tige procombante obtusément anguleuse, canaliculée sur les faces.

Pétiole commun plan en dessus à la base, arrondi au sommet.

Pétales médiocres, largement obovés, presque orbiculaires rétrécis-cunéiformes à la base, blancs, très-légèrement rosés.

Styles plus courts que les étamines, verdâtres.

V. la descript. complète dans Müll. Vers. monogr. Darst. *p.* 49.

15. R. obsectifolius P. J. Müll. — Tige procombante, nettement angul., plane sur les faces, armée d'aig. nombreux, fins, peu dilatés à la base, subulés, droits, inégaux, garnie de glandes inégales, les unes pédicellées éparses, les autres sessiles plus adondantes et d'une villosité étalée, fournie.

Stipules foliacées linéaires-lancéolées.

Pétiole plan, parfois légèrement canaliculé en dessus, garni d'aig. fins, subulés déclinés.

Folioles 3, les latérales lobées à la base de la tige et
parfois aussi vers l'extrémité, 5 dans le reste de son étendue, épaisses, munies de poils rudes et fournis en dessus,
et d'une villosité veloutée étalée sur un fond tomenteux
gris ou blanchâtre en dessous, superficiellement et un
peu irrégulièrement dentées; dents petites souvent réduites à un petit mucron parfois défléchi Toutes les
folioles longuement pétiolulées et un peu émarginées à la
base; les 4 infér. obovées-cunéiformes, la terminale largement obovée, un peu contractée vers la base, médiocrement acuminée au sommet.

Rameau florif. anguleux, garni d'aig. fins, déclinés
droits ou légèrement falcif., de glandes pédicellées abondantes et d'une villosité étalée fournie.

Fol. 3, entières ou légèrement émarginées à la base,
brièvement acuminées au sommet, velues en dessus, veloutées en dessous sur un fond tomenteux vert dans les
feuilles inférieures, blanchâtre dans les supér., la fol.
terminale obovée.

Panicule d'un beau développement, interrompue à la
base, oblongue, tronquée au sommet, commençant à l'aisselle des 2-5 feuilles supér. ternées par des pédonc. assez
courts, étalés, pluriflores corymbiformes, libre ensuite
quoique s'élevant peu au-dessus des dernières feuilles,
composée alors de pédonc. divariqués , 2-5 flores.

Pédicelles courts. Axe et pédonc. feutrés, garnis d'aig.
fins, subulés, droits peu nombreux, et de glandes abondantes. Axe floral flexeux.

Calice aplati à la base, feutré gris-verdâtre, finement
glanduleux, nullement ou très peu aciculé, à divisions
réfléchies, médiocrement acuminées.

Pétales largement obovés-oblongs, assez grands, arrondis au sommet, onguiculés à la base, blancs.

Etamines d'adord plus longues que les styles; ceux-ci
verdâtres souvent un peu rosés à la base, divergents.

Carpelles nombreux, gros, disposés en capitule ovale, arrondis au sommet, légèrement déprimés à la base du style et peu pubescents.

M. Müller, donnant à cette espèce le nom de *R. obsectifolius,* ajoute : « nom exprimant à la fois la netteté du contour et la troncature plus ou moins prononcée du sommet de la feuille caulinaire »
(Müll. in litt).

14. R. horridicaulis P. J. Müll. *Forma sylvatica nob.* — Tige procombante allongée, presque arrondie à la base, nettement anguleuse mais plane, sur les faces au sommet, garnie d'aig. très nombreux, souvent agglomérés, inégaux, dilatés à la base, droits dans sa moitié infér. déclinés, les uns droits, les autres falciformes dans la partie sup., munie en outre, de soies glandulifères, de glandes pédicellées inégales plus ou moins abondantes et de poils étalés. Stipules filiformes.

Pétiole plan en dessus, garni d'aig. les latéraux déclinés, les postérieurs falciformes.

Fol. 3-5 avec transition d'une forme à l'autre, munies de poils courts plus ou moins abondantes en dessus, d'une villosité courte et peu abondante sur un fond vert pâle plus rarement gris-tomenteux en dessous, irrégulièrement sinuées-dentées ; dents ovales arrondies, mucronées.

Foliole terminale largement ovale-orbiculaire, ou largement obovée, un peu cordiforme à la base, médiocrement acuminée au sommet.

Rameau florif. obtusément anguleux, très hérissé, armé d'aig. inégaux très abondants, fortement déclinés-falciformes, quelques-uns simplement déclinés, garni aussi de soies, de glandes abondantes et d'une villosité étalée assez fournie.

Fol. 5, asez fortement velues sur les deux faces, les supérieures souvent grises tomenteuses.

Panicule oblongue, plus ou moins développée, commençant à l'aisselle des 1-5 feuilles supér. ternées par des
pédonc. très étalés pluriflores racémiformes, garnie ensuite d'1-2 folioles, rarement feuillée jusqu'au sommet,
libre enfin dans son 1/5 supérieur et composée de pédonc.
divariqués 2-5 flores, divisés dès le milieu ; pédicelles
assez longs.

Axe et pédonc. très hérissés d'aig. déclinés-falcif. de
soies et de glandes très abondantes,

Calice très aciculé-glanduleux, feutré verdâtre, à divisions médiocrement acuminées, étalées ou réfléchies.

Pétales blancs, assez petits, obovés, arrondis au sommet,
rétrécis vers la base.

Etamines blanches dépassant les styles ; ceux-ci nombreux, jaunâtres. Roses au soleil ?

15 R. breviglandulosus P. J. Müll. — Tige
procombante, obscurément angul., plane sur les faces, les
angles obtus, garnie d'aig. nombreux et assez forts, dilatés
à la base, les uns simplement déclinés, les autres légèrement falciformes, munie aussi de quelques soies, de glandes abondantes, fines, très inégales, les unes très brièvement pédicellées, et enfin de poils courts peu abondants.

Pétiole un peu creusé en dessus dans sa moitié inférieure, garni d'aig. falcif.

Folioles 5, les 2 infér. lobées ou élargies en dehors, et aussi
parfois 4-5, couvertes en dessus de poils courts, munies
en dessous d'une villosité courte, vertes ou un peu grisâtres, presque régulièrement et simplement dentées ; dents
ovales, médiocres, arrondies, brièvement mucronés.

Fol. terminale ovale-oblongue ou légèrement obovée, un peu cordiforme à la base, assez subitement rétrécie et longuement acuminée au sommet.

Rameau florif. faible, obtusément anguleux, armé de petits aig. déclinés et falcif., de soies et de glandes inégales nombreuses et d'une villosité crépue devenant tomenteuse sur l'axe floral et les pédonc.

Fol. 3, la terminale-rhomboïdale, cunéiforme, entière à la base, aiguë ou brièvement acuminée au sommet.

Panicule peu développée, oblongue, commençant à l'aisselle des feuilles supér. par des pédonc. étalés-dressés, pauciflores appauvris, s'élevant au dessus des feuilles et composée alors de pédonc. très étalés 2-3 flores et plus souvent 1-flores. Pédicelles courts.

Axe et péd. garnis d'aig. fins, décilinés-falcif. ou presque droits, de soies et de glandes.

Calice tomenteux, aciculé, glanduleux, à divisions réfléchies, brièvement acuminées.

Pétales oblongs, insensiblement atténués en onglet à la base, un peu rétrécis vers le sommet qui est arrondi, pubescents sur le dos, un peu ciliés sur les bords, glabres en dessus, très étalés médiocres, blancs, verdâtres à l'onglet.

Carpelles mûrs nombreux, petits, disposés en capitule ovale serré, pubescents au sommet, faiblement déprimés à la base du style,

16. R. **propendens** N. Boul. — Tige presque horizontale, arrondie, anguleuse à l'extrémité seulement, couverte d'un mélange confus d'aig. sétacés non vulné-rants, droits ou un peu déclinés, de soies presque aussi longues, de glandes inégales, les unes sessiles, les autres longuement pédicellées, et de poils étalés plus ou moins fournis.

Pétiole un peu creusé en dessus, garni d'aig. sétacés, droits. Stipules linéaires.

Folioles 5, très rarement 4, je n'en ai jamais vu 5, plus ou moins revêtues de poils courts et rudes sur les deux faces, superficiellement et un peu irrégulièrement dentées ; dents simples, petites, inégales, triangulaires, mucronées.

Les 5 fol. nettement cordiformes, assez subitement et finement acuminées ; les 2 latérales ovales ; la terminale généralement ovale-oblongue ou un peu rhombée, presque orbiculaire dans les feuilles inférieures.

Rameau florif. obtus, anguleux, garni d'aig. sétacés, nombreux, déclinés, de glandes fines et d'une villosité étalée.

Fol. 5 ovales-oblongues, velues comme celle de la tige; la terminale souvent largement obovée, brièvement acuminée, un peu émarginée à la base.

Panicule riche, oblongue, tronquée au sommet, penchée, fléchie en zigzag à chaque bifurfaction, commençant à l'aisselle des 1-3 f. sup. ternées par des pédonc. assez courts, étalés, généralement pauciflores, garnie ensuite et souvent jusqu'au sommet de bractées foliacées ovales ou lancéolées ; pédicelles alors divariqués, souvent géminés, 2-5-4 flores, divisés en longs pédicelles dirigés en tous sens. Axe et pédonc. garnis d'aiguilles fines, droites, longues, éparses et de glandes pédicellées très abondantes.

Calice feutré, fortement glanduleux, ses divisions longuement et finement acuminées ; celles des fleurs terminales foliacées, étalées pendant la floraison, ensuite redressées sur le fruit.

Pétales blancs, médiocres, oblongs, rétrécis aux deux extrémités, pubescents sur les deux faces.

Etamines blanches, un peu plus longues que les styles; ceux-ci nombreux, arqués en dehors, habituellement d'un beau rouge.

Carpelles nombreux, gros, fortement pubescents jusqu'à la maturité, déprimés à la base du style, canaliculés excavés sur le dos, disposés en un capitule gros, sphérique.

La tige de l'année se termine souvent par une vaste inflorescence pyramidale, dont les pédonc. axillaires portent des inflorescences partielles, multiflores, racémiformes.

17. R. chlorostachys P. J. Müll. — Tige couchée, arrondie dans sa moitié infér. obtusément ang. vers l'extrémité, garnie d'aiguilles espacées fines non vulnérantes, vertes, de soies glandulif. et de glandes jaunâtres abondantes, munie en outre de poils de deux sortes les uns longs et étalés, les autres courts et appliqués.

Stipules filiformes.

Pétiole plan en dessus, garni d'aiguilles fines.

Folioles 5, rarement 4, les 2 infér. parfois lobées, munies de quelques poils rares en dessus et d'une villosité courte et peu abondante en dessous, assez régul. et superficiellement dentées; dents petites, un peu inégales, cuspidées.

Foliole terminale un peu cordiforme à la base, très-longuement et finement acuminée au sommet, oblongue, verte sur les deux faces.

Rameau florif. obtusément anguleux, garni d'aiguilles inégales, déclinées, de soies fines, vertes, de glandes abondantes et d'une villosité étalée sur un fond pubescent.

Fol. 5, médiocrement acuminées, irrégulièrement et souvent doublement dentées.

Panicule oblongue arrondie au sommet, généralement riche, commençant à l'aisselle, des 2-3 f. sup. ternées par des pédonc. très-étalés pluriflores, courts, garnie ensuite de 1 - 2 folioles bractéales, libre enfin dans sa moitié supérieure et composée de pédonc. nombreux rapprochés, 1 - 2 - 5 flores, courts, divisés dès le milieu, divariqués.

Axe et pédonc. peu aciculés, garnis de soies molles, de glandes très abondantes sur un fond feutré jaunâtre.

Calice très glanduleux, jaunâtre, à divisions longuement acuminées, redressées sur le fruit.

Pétales blancs, petits, lancéolés, atténués aux deux extrémités, dressés.

Etamines blanches plus courtes que les styles; ceux-ci verdâtres, nombreux étalés en dehors.

Carpelles pubescents.

18. R. roseiflorus P. J. Müll. — Voir la description de M. Müller, Flora. 1858, n° 53.

19. R. cuspidatus P. J. Müll. — V. Müller, loc. cit. n° 54.

20. R. cæsius L. —

Pétales blancs, glabres, ovales, largement et brièvement rétrécis en onglet, bifides ou incisés au sommet, un peu plissés, chiffonnés inégaux, parfois 8 - 12, disposés sur deux rangs.

Styles peu nombreux, blancs, égalant ou dépassant les étamines.

Rambervillers, le 11 octobre 1864.

N. BOULAY.

Rambervillers, imp. de Mérat.

DESCRIPTION DES ESPÈCES

D'APRÈS DES NOTES PRISES SUR LE FRAIS.

———•———

2. *bis.* **Rubus rosulentus** P. J. Müll. *Forma umbrosa.* — Tige foliifère vigoureuse.

Feuilles caulinaires amples; folioles presque simplement dentées, à dents ovales, élargies; foliole terminale largement ovale, contractée au sommet, médiocrement acuminée.

Le reste comme dans la description déjà publiée.

(*Description p. 2, 1864.*) Les quelques différences que nous signalons ici s'expliquent facilement. La plante que nous publions aujourd'hui croît sur un sol ombragé, humide et riche en humus; tandis que la forme distribuée en 1864 habite un mauvais terrain, sablonneux et sans eau.

21. **Rubus integribasis** P. J. M. — Tige foliif. vigoureuse, dressée arquée au sommet, d'un brun pourpre au soleil, anguleuse et largement excavée sur les faces, glabre, mais couverte de glandes sessiles, armée d'aiguillons nombreux, peu dilatés à la base, coniques, presque égaux, allongés, droits ou parfois légèrement courbés surtout vers l'extrémité de la tige, très vulnérants.

Pétiole légèrement sillonné en dessus, armé d'aiguillons nombreux, fortement courbés.

Feuilles glabrescentes, quelques poils seulement dans la rigole des nervures, en-dessus, munies d'une villosité courte, veloutée, en dessous, régulièrement et presque simplement dentées; dents peu profondes, médiocres, ovales, brièvement mucronées, ordinairement convergentes.

Folioles 5, (exceptionnellement 7;) les deux extérieures distinctement pétiolulées, oblongues, aiguës, cunéiformes et entières à la base; les trois supérieures presque entières à peine émarginées ; les deux intermédiaires rhomboïdales-obovées, rétrécies-cunéiformes vers la base, contractées au sommet, puis médiocrement acuminées ; la terminale de forme presque orbiculaire dans les formes inférieures et moyennes, rhomboïdale dans les supérieures, arrondie à la base, brièvement acuminée.

Rameau florifère allongé, obtusément anguleux, pubescent, garni d'aiguillons nombreux, petits, courbés. Pétiole canaliculé en dessus, garni d'aiguillons crochus. Feuilles vertes sur les deux faces et non plissées, comme celles de la tige, un peu plus velues.

Fol. 3, rarement 5; les latérales subsessiles; la terminale rhomboïdale, fortement rétrécie vers la base qui est entière, aiguë au sommet.

Inflorescence oblongue tronquée au sommet, commençant à l'aisselle des 1 - 2 folioles supérieures ternées par des pédoncules uni-pauciflores , étalés-dressés , courts, garnie ensuite de 1 - 2 folioles bractéales, libre enfin dans les 2/3 supérieurs et composée de pédoncules très-étalés ou divariqués, 1 - 2 - 5 - flores, munie de bractées trifides, linéaires, plus courtes que les pédoncules, ainsi que les pédicelles.

Axe et pédoncules finement aculéolés.

Bouton floral globuleux, arrondi à la base, à peine et rarement aciculé. Divisions du calice vertes sur le dos, brièvement acuminées et réfléchies à la maturité du fruit.

Pétales rosés, largement obovés, brièvement onguiculés, ondulés, souvent comme laciniés et longuement ciliés sur les bords, à peu près glabres en-dessus, pubescents sur le dos.

Etamines blanchâtres, plus longues que les styles; ceux-ci souvent rosés à la base.

Capitule fructifère globuleux, fourni; jeunes carpelles glabres, sans sillon à la base du style, puis fortement déprimés et munis d'un large sillon à la maturité.

22. R. roseulus P. J. M. — Tige vigoureuse, dressée-arquée, complètement glabre, sillonnée de lignes verruqueuses, anguleuse (angles émoussés), concave sur les faces, armée d'aiguillons espacés, à base allongée, assez petits du reste, droits. Stipules filiformes.

Pétiole un peu creusé en dessus, armé d'aiguillons crochus. Feuilles à peu près glabres en dessus, munies d'une villosité courte et peu fournie sur un fond gris ou blanc-tomenteux, nervures saillantes, en dessous, doublement dentées; dents triangulaires, aiguës ou finement acuminées, inégales, celles qui terminent les nervures principales plus grandes.

Fol. 5, les extérieures oblongues; les deux intermédiaires obovées-allongées; la terminale obovée-oblongue ou subrhomboïdale, légèrement émarginée près du pétiole, assez régulièrement rétrécie vers le sommet et brièvement acuminée.

Rameau florif. arrondi canaliculé, pubescent, garni de quelques aig. petits, droits ou courbés.

Pétiole canaliculé, armé d'aig. crochus.

Fol. 3, fréquemment 5 à la base du rameau, étroites, oblongues - rhomboïdales, acuminées, doublement et profondément dentées, blanches-tomenteuses en-dessous.

Inflorescence vaste, allongée, parfois un peu tronquée,

commençant à l'aisselle des 1 - 5 feuilles sup. ternées par des péd. dressés allongés 1 - 3 - pluriflores, munie ensuite de 1 - 5 folioles bractérales lancéolées, feuillée dans toute sa longueur ou libre dans sa moitié ou ses 2/3 supérieurs et composée dans ce cas de péd. fins 5, très étalés, légèrement ascendants, 5 - flores. Axe et péd. grisâtres, pubescents-tomenteux, munis de quelques rares aig. petits ou légèrement courbés.

Calice inerme, blanc-tomenteux, à divisions brièvement acuminées, réfléchies.

Pétales d'un rose pâle, grands, ovales-oblongs, rétrécisonguiculés, obtus, souvent émarginés au sommet, glabres en dessus, pubescents sur le dos, non ciliés sur les bords. Etamines rosées. plus longues que les styles; ceuxci fasciculés, légèrement rosés à la base, verdâtres au sommet. Capitule fructifère petit, globuleux; carpelles peu nombreux, glabres, à peine déprimés à la base du style, non sillonnés.

Obs. — M. Müller nous ayant prévenu que notre *R. phyllostachys, forma angustifolia*, N° 4, *bis*, était identique à son *R. roseolus*, encore inédit, nous nous sommes empressé de le publier de nouveau plus complet et annoté.

12 *bis.* **R. leucanthemos** P. J. M. — Tige procombante, anguleuse, plane sur les faces, légèrement caniculée vers le sommet, garnie d'une villosité rude entrecroisée, couverte de glandes presque toutes sessiles, peu apparentes, quelques-unes pédicellées, hérissé d'aig. robustes, nombreux, à base conique, presque égaux, velus, acérés.

Pétiole garni d'aig. falciformes.

Feuilles munies de poils rudes en-dessus, d'une villosité fournie sur un fond verdâtre, gris ou blanc-tomenteux, en-dessous, un peu ondulé sur les bords, inégalement et profondément dentées; dents généralement simples, ovales, acuminées, à pointe érigée.

Fol. 5, (rarement 5, à la base et au sommet de la tige); la terminale orbiculaire, brièvement et assez subitement acuminée, un peu retrécie vers la base et presque toujours, quoique légérement, émarginée près du pétiole.

Rameau florif. arrondi, couvert [d'une villosité entrecroisée, muni de quelques glandes rares, armé d'aig. très-inégaux, les uns petits, aciculés, les autres robustes, allongés, droits ou falciformes.

Feuilles hérissées en dessus, assez fortement velues, les inférieures vertes, les sup. blanches-tomenteuses, en-dessous. Fol. 5 ; la terminale largement ovale-orbiculaire.

Inflorescence obovée tronquée sur les éch. appauvris, allongée-pyramidale sur les éch. vigoureux,

Axe et pédonc. garnis d'aig. longs, forts, droits ou falciformes de glandes pédicellées fines et d'une villosité étalée, fournie sur un fond tomenteux.

Bouton floral gros, arrondi à la base, finement aciculé, muni de glandes pédicellées fines, velu tomenteux.

Divisions du calice ovales, médiocrement acuminées, réfléchies. Pétales d'un rose pâle, de grandeur moyenne, largement obovés, orbiculaires, onguiculés, glabres en dessus, ciliés corrodés sur les bords, pubescents sur le dos, chiffonnés.

Étamines blanchâtres, dépassant les styles; ceux-ci verdâtres; capitule fructifère gros, ovale; carpelles nombreux, gonflés, glabres, fortement déprimés à la base du style, puis largement sillonnés sur le dos.

Obs. — Cette espèce sera publiée une troisième fois, en vue de l'inflorescence développée normalement.

25. R. hebecarpos P. J. M. — Tige foliif. procombante, striée obtusément angul. convexe sur les faces jusqu'au-delà du milieu, plus nettement angul. et plane sur les faces au sommet garnie de soies glandulifères, de glandes pédic. éparses, de poils entrecroisés peu fournis, fortement hérissée d'aig. rougeâtres, très inégaux, les autres très petits, tous dilatés à la base, droits faiblement déclinés.

Pétiole plan en dessus, armé d'aig. presque tous falciformes ; les postérieurs crochus.

Feuilles munies de quelques poils courts et rares en dessus, d'une villosité peu fournie sur un fond tomenteux, vert dans les f. inférieures, blanc dans les autres, en dessous, simplement dentées ; dents superficielles, arrondies, parfois réduites à l'acumen qui est diversement dirigé.

Fol. 3 - 5, généralement 5 dès le milieu de la tige jusqu'à l'extrémité ; fol. terminale largement et peu distinctement obovée, légèrement rétrécie vers la base qui est arrondie et faiblement émarginée, subitement contractée au sommet, puis médiocrement acuminée.

Rameau florif. obtusément anguleux, hérissé d'aig. rougeâtres, très inégaux, à base dilatée et généralement un peu falciformes.

Fol. 3, munies de quelques poils rares en dessus, tomenteuses et d'un gris blanchâtre, fortement veinées, en dessous, simplement et peu profondément dentées ; la terminale obovée, à peine émarginée à la base, brièvement acuminée.

Panicule ordinairement vaste, d'un bel ensemble pyramidal, commençant à l'aisselle des 5 - 7 f. supér. ternées par des péd. fortement étalés, multiflores, garnie ensuite (souvent jusqu'au sommet) de 5 - 10 fol. ovales ou lancéolées. Pédonc. très étalés, rarement toutefois complètement divariqués, 5 -, rarement 4 - flores, plus longs que les pédicelles.

Axe et péd. armés d'aig. nombreux, les uns longs, effilés, légèrement falciformes, garnis de soies glandulif. et de glandes pédicellées abondantes.

Calice aciculé glanduleux sur un fond tomenteux, à divisions acuminées, réfléchies.

Pétales grands, obovés, irrégulièrement incisés au sommet, longuement rétrécis-cunéiformes à la base, velus sur le dos, ciliés sur les bords, blancs.

Styles rosés, dépassant les étamines de bonne heure.

Capitule fructifère ovale; carpelles ovales, fortement velus. — Plante très-vigoureuse.

Obs. Cette espèce sera publiée de nouveau.

24. **R. uncatispinus** P. J. M. — Tige fol. procombante, obtusément angul. à la base, nettement dès le milieu, plane sur les faces, garnie de quelques soies en partie glandulif., de glandes pédic. fines, inégales, nombreuses, et de poils étalés plus ou moins fournis, hérissée d'aig. petits inférieurement, robustes plus haut, nombreux, fréquemment agglomérés, inégaux, quelques-uns droits simplement déclinés, mais le plus grand nombre fortement courbés, à base dilatée.

Pétiole canaliculé en dessus, armé d'aig. crochus.

Feuilles vertes sur les deux faces, munies de poils épars en dessus et d'une villosité courte, peu fournie, en dessous, irrégulièrement et inégalement dentées; dents médiocres, parfois même superficielles, triangulaires, acuminées; l'acumen de la dent qui termine les principales nervures fréquemment divergent.

Fol. 5, rarement 5 au milieu de la tige avec les formes intermédiaires. La terminale largement ovale dans les f. infér. subromboïdale dans les f. moyennes et les supér., distinctement échancrée à la base, assez longuement acuminée.

Rameau florif. anguleux, garni de soies et de glandes fines, nombreuses et d'une pubescence peu fournie, hérissé d'aig. nombreux, robustes, inégaux, à base dilatée, fortement courbés; quelques-uns droits.

Pétiole canaliculé en dessus.

Feuilles vertes, maigrement velues sur les deux faces.

Fol. 5; la terminale obovée-oblongue, légèrement émarginée à la base, aiguë ou brièvement acuminée.

Inflorescence allongée-oblongue, interrompue, commençant à l'aisselle des 2 - 5 feuilles sup. ternées, par des péd. allongés, étalés-dressés, tri-pluriflores, garnie ensuite de 1 - 2 folioles ovales, libre à peine dans son tiers supérieur et composée de péd. étalés 1 - 5 - flores; pédicelles égalant les pédoncules. Axe et péd. revêtus et armés comme le reste du rameau.

Calice gris-tomenteux, non aciculé, mais couvert de glandes fines, rougeâtres; ses divisions acuminées sont imparfaitement réfléchies pendant la floraison, mais elles ne se redressent pas sur le fruit.

Pétales d'un beau rose à l'onglet, médiocres, obovés-oblongs, longuement rétrécis-cunéiformes vers la base, chiffonnés, pubescents sur les deux faces, ciliés sur les bords.

Filets des étamines rosés, dépassant les styles; ceux-ci verdâtres.

Jeunes carpelles garnis de longs poils au sommet.

Plante de taille moyenne.

25. R. corymbosus P. J. M. *Forma umbrosa.* — Tige fol. procombante, s'élevant peu, anguleuse, plane sur les faces dès la base, garnie de quelques soies, de glandes pédic. rougeâtres, fines et de poils entre-croisés, peu fournis. Aig. assez petits, épars, inégaux, à base allongée, droits inférieurement, déclinés dès le milieu de la tige, rarement courbés.

Stipules filiformes, longuement soudées au pétiole.

Pétiole canaliculé en dessus dans sa moitié inférieure, garni d'aig. dont les latéraux sont droits et les postérieurs courbés.

Feuilles : les inférieures grossièrement velues, les moyennes munies de poils peu apparents, en dessus, de nervures saillantes et d'une villosité courte, peu fournie, sur un fond ordinairement gris-tomenteux, en dessous, simplement dentées, dents larges, peu profondes, arrondies, mucronées.

Fol. 3 à la base et à l'extrémité, 4-5 au milieu de la tige; les 2 ext. obovées-oblongues; les 2 intermédiaires longuement obovées; la terminale ovale-oblongue, un peu émarginée à la base, assez régulièrement rétrécie et médiocrement acuminée. Quand la f. n'a que 3 fol., les 2 latérales sont ovales, ventrues en dehors, émarginées à la base, acuminées.

Rameau florif. obtus. anguleux, garni de soies fines, de glandes fines pédicellées inégales, nombreuses, d'une villosité courbe un peu aranéeuse et d'aig. fins, sétacés, inégaux, peu vulnérants, déclinés rarement un peu courbés.

Pétiole canaliculé en dessus.

Fol. 3, peu velues, grisâtres en dessous; la terminale rhombée, aiguë, légèrement émarginée à la base.

Inflorescence courte, obovée, commençant à l'aisselle des 1-2 f. sup. ternées par des péd. pauciflores, étalés-dressés, garnie ensuite de 1-2 fol. bractéales, libre enfin, mais dépassant peu les dernières feuilles, composée alors de péd. très-étalés ou même divariqués, 2 - 3 - flores, beaucoup plus courts que les pédicelles.

Axe et péd. gris-tomenteux, munis de quelques soies courtes et fines, de glandes fines, peu ou nullement aculéolés.

Bouton floral arrondi, tomenteux, inerme, finement glanduleux.

Divisions du calice étalées pendant l'anthèse, réfléchies après, brièvement acuminées.

Pétales d'un beau rose, allongés-lancéolés, rétrécis aux deux extrémités, velus sur le dos, glabres en dessus.

Etamines blanchâtres. Dans le bouton, les styles sont saillants au-dessus des étamines qui sont incurvées, à l'ouverture de la fleur, celles-ci se déroulent et dominent les styles, jusqu'à ce que soulevés par les carpelles grossissants, les styles finissent par l'emporter. Ils sont d'un rose plus ou moins intense, d'abord rapprochés, puis étalés.

Capitule fructifère ovale ou globuleux, fourni ; carpelles gros, ovales, velus, longuement sillonnés sur le dos.

26. **R. lenispiceus** P. J. Müll. — Tige fol. vigoureuse, oblique, obtusément angul. à la base, nettement au sommet, armée d'aig. nombreux, petits, à base peu dilatée, droits, rarement courbés même vers l'extrémité, garnie de quelques soies fines, de glandes inégales, les unes sessiles, les autres pédicellées, fines, médiocrement abondantes et d'une villosité étalée, épaisse.

Pétiole arrondi en dessus, garni d'aig. petits, les postérieurs peu courbés.

Feuilles vertes sur les deux faces, munies de quelques poils rudes, en dessus, d'une villosité courte et étalée sur les nervures, en dessous, un peu irrégulièrement dentées; dents petites, superficielles, ovales-arrondies, mucronées.

Fol. 3, de la base au milieu de la tige, 5 au sommet, assez longuement pétiolulées; la terminale un peu creusée en cœur à la base, brièvement et finement acuminée, largement ovale ou un peu contractée vers la base.

Rameau florif. vigoureux, obtusément angul., garni d'aig. petits, déclinés, à peine courbés, de glandes fines, inégales et d'une villosité épaisse.

Fol. 5, vertes et velues comme celles de la tige; la terminale largement obovée, un peu en cœur à la base, très-brièvement acuminée.

Inflorescence riche, pyramidale, atténuée au sommet, commençant à l'aisselle des 1 – 2 f. sup. ternées par des péd. étalés pluri-multiflores, garnie ensuite d'une foliole ovale, libre enfin dans ses 2/3 supér., composée alors de péd. robustes, très-étalés, lég¹ ascendants 2 - 5 - pluriflores accompagnés de longues bractées linéaires-lancéolées, trifides; pédicelles plus courts que les pédonc.; les uns et les autres épais.

Axe et péd. garnis d'aig. petits, peu nombreux, d'une villosité feutrée et de glandes péd. fines, abondantes, mais en partie avortées (accidentellement?).

Calice fortement glanduleux, feutré grisâtre, à divisions ovales, brièvement acuminées, réfléchies pendant la floraison.

Pétales blancs, médiocres, obovés-oblongs, étalés, pubescents sur le dos.

Etamines dépassant un peu les styles; ceux-ci verdâtres.

27. R. subcanus P. J. M. — Tige fol. procombante, obtusément angul., à faces convexes inférieurement, planes à l'extrêmité, garnie de glandes pédicellées, inégales, abondantes et d'une villosité étalée, rude, plus ou moins fournie.

Aig. nombreux, petits, fragiles, presque égaux, coniques, à base peu dilatée, droits faiblement déclinés ou légèrement falciformes.

Pétiole plan en dessus, garni d'aig. dont les latéraux sont droits et les postérieurs courbés.

Feuilles épaisses, d'un vert sombre et munies de poils rudes en dessus, munies d'une villosité étalée, rude, sur un fond tomenteux cendré-blanchâtre, en-dessous, régul¹ et peu profondément dentées ; dents ovales terminées par un mucron saillant.

Fol. 5 au milieu de la tige, très-souvent 3 à la base et à l'extrémité ; toutes un peu échancrées à la base ; les deux extér. oblongues ; les deux internes obovées, rétrécies vers la base, subitement contractées au sommet, puis assez longuement acuminées ; la terminale brièvement ovale-oblongue, largement ovale ou presque orbiculaire, arrondie émarginée à la base, contractée au sommet et finement acuminée.

Rameau florif. obtusément anguleux, feutré, garni de glandes, de soies glandulif. et d'aig. assez nombreux, inégaux, quelques-uns très-longs, subulés, généralement droits déclinés, parfois aussi falcif.

Fol. 5, blanches-tomenteuses en-dessous, dans les f. supér. surtout, légèrement émarginées à la base, brièvement acuminées ; la terminale largement rhomboïdale.

Inflorescence étroite, allongée-oblongue, tronquée au sommet, commençant à l'aisselle des 1 - 4 f. sup. ternées par des péd. ascendants ou dressés 1 - 5 flores, puis garnie jusqu'au sommet de folioles bractéolées ovales ou lancéolées, composée de péd. 2 - 3 - 4 flores, courts et épais, très-étalés ou divariqués; pédicelles courts de direction variable dressés ou réfléchis.

Axe et péd. couverts d'une villosité rude, fournie entrecroisée ou étalée, de glandes pourpres, abondantes, armés d'aiguilles fines déclinées peu nombreuses.

Calice couvert de soies fines, de glandes pourpres abondantes; ses divisions finement acuminées, d'abord redressées sur le jeune fruit, se renversent de nouveau à la maturité.

Pétales petits, obovés, arrondis–émarginés au sommet, largement onguiculés à la base, étalés-dressés, ciliés sur les bords, plus ou moins velus sur les faces, blancs avec une teinte légère d'un rose sâle.

Etamines blanches dépassant les styles; ceux-ci roses à la base.

Capitule fructifère globuleux; carpelles médiocres, ovales, non déprimés à la base du style, glabres.

28. R. stenobotrys N. Boul. — Tige fol. couchée, anguleuse, convexe sur les faces à la base, plane au milieu, légèrement concave à l'extrêmité, garnie de quelques soies fines, de glandes péd. rougeâtres, fines, abondantes et d'une villosité étalée, éparse, hérissée d'aig. nombreux, médiocres, un peu inégaux, à base conique peu dilatée, simplement déclinés ou légèrement courbés. Stipules filiformes.

Pétiole un peu creusé en dessus à la base, plan, du reste, garni d'aig. falcif.

Feuilles d'un vert gai et munies d'une villosité éparse, peu fournie sur les deux faces, doublement et comme incisées-dentées, à cause de la saillie des dents qui terminent les principales nervures; dents triangulaires, inégales, acuminées.

Fol. ordinairement 5 au milieu de la tige, le plus souvent 3 à la base et au sommet, toutes distinctement échancrées à la base et très-longuement acuminées; les infér. oblongues; la terminale plus ou moins largement ovale, assez insensiblement rétrécie vers le sommet.

Rameau florif. obtusément anguleux, pubescent, garni de petits aig. sétacés, droits, nombreux et d'autres plus grands falciformes, chargé en outre de glandes fines.

Fol. 5, vertes et velues comme les caulinaires, un peu émarginées à la base, longuement acuminées (la terminale surtout), incisées-dentées; la terminale ovale, les latérales oblongues-allongées. Pétiole creusé en dessus.

Inflorescence ordinairement pauvre, étroite, commençant à l'aiss. des 2-5 f. sup. ternées par des pédonc. dressés, pauciflores, garnie ensuite et habituellement jusqu'au sommet de folioles bractéales ou de longues bractées linéaires qui dépassent les fleurs. Les péd. non axillaires quand ils existent sont très-étalés, 1-2-3-flores plus courts que les pédicelles. Axe et péd. recouverts et armés comme le reste du rameau.

Bouton floral arrondi à la base, finement et peu aciculé, couvert de glandes rougeâtres, fines, sur un fond tomenteux, grisâtre. Divisions du calice longuement acuminées, réfléchies.

Pétales blancs, médiocres, dépassés par l'acumen des sépales, ovales-oblongs, onguiculés, glabres.

Etamines verdâtres plus longues que les styles; ceux-ci rosés à la base.

Capitule fructifère petit, globuleux; carpelles non déprimés à la base du style, ordinairement glabres.

29. R. brachyadenes P. J. M. *forma umbrosa.*
— Tige fol. faible, à peu près couchée, anguleuse à face planes (convexes à la base), garnie de soies rares. de glandes fines, rougeâtres, assez abondantes, d'une villosité fournie, inférieurement maigre sur le reste, armée d'aig. jaunâtres, nombreux, petits, à base brièvement dilatée, droits inférieurement, déclinés dès le milieu de la tige, courbés vers le sommet.

Stipules linéaires-oblongues.

Pétiole plan en dessus, muni d'aig. falciformes.

Feuilles molles, d'un vert clair sur les deux faces, couvertes de poils rudes et sériés en dessus, de poils disposés en peigne en dessous, irrégulièrement et doublement dentées; dents peu profondes, larges, arrondies, mucronées ou plus petites triangulaires acuminées.

Fol. 3 à la base et au sommet, très-rarement 4-5 au milieu de la tige; la terminale obtusément rhomboïdale, rétrécie vers la base qui est légèrement émarginée, régulièrement rétrécie vers le sommet, puis assez longuement acuminée; les latérales (à 3) ovales ventrues, (à 5) les extérieures oblongues-elliptiques, les interméd. obovées-acuminées.

Rameau florif. obtusément anguleux, garni d'aig. fins, généralement falciformes, inégaux et assez nombreux, de soies, de glandes fines et d'une villosité courte, fournie.

Pétiole canaliculé en dessus.

Foliole 3, vertes et velues comme les caulinaires, superficiellement bien qu'inégalement dentées; la terminale obovée-rhomboïdale, aiguë.

Inflorescence oblongue, mediocre ou même appauvrie commençant à l'aiss. des 1-2 f. sup. ternées par des péd. étalés-dressés, 2-5-flores, munie ensuite de 1-2 folioles, libre enfin dans son dernier tiers et composée de péd. divariqués, 2-3-flores sur les éch. vigoureux, 1-flores sur les éch. ordinaires.

Péd. plus longs que les pédicelles.

Axe et péd. garnis d'aiguilles fines, jaunâtres, légèrement falciformes, assez nombreuses, de glandes rougeâtres, fines et abondantes sur un fond gris pubescent ou tomenteux.

Calice finement glanduleux, légèrement aciculé à la base, tomenteux gris-verdâtre, légèrement convexe à la base, à divisions profondes, médiocrement acuminées, réfléchies.

Pétales blancs, médiocres, oblongs, onguiculés, souvent émarginés au sommet, pubescents sur le dos, étalés.

Etamines fines, blanchâtres, égalées au moins par les styles; ceux-ci étalés, légèrement rosés.

Capitule fructifère petit, carpelles globuleux, finement pubescent, munis sur le dos d'un léger sillon.

50. R. divexiramus P. J. M. — Tige fol. procombante, obtusément anguleuse à la base, plane sur les faces au milieu, un peu canaliculée au sommet, hérissée d'aig. très-nombreux, parfois agglomérés, inégaux, très-acérés, à base peu allongée, fins et droits inférieurement, les uns droits déclinés, les autres légèrement falciformes dès le milieu, généralement courbés vers l'extrémité, garnie de soies raides, inégales, glandulif., de glandes pédicellées, rougeâtres, abondantes et d'une villosité étalée, fournie.

Pétiole à peine creusé en dessus à la base, armé d'aig. dont les latéraux sont droits et les postér. falciformes.

Feuilles vertes sur les deux faces, assez fermes, munies de poils épars, en dessus, et d'une villosité courte, le long des nervures, en dessous, presque simplement, mais un peu inégalement dentées; dents ovales, médiocres, acuminées.

Fol. 5, rarement 4 ; les deux latérales fréquemment élargies et plus ou moins lobées en dehors ; la terminale largement ovale ou un peu obovée, très légèrement émarginée à la base, médiocrement acuminée.

Rameau florif. obtusément anguleux, hérissé d'aig. nombreux très inégaux, les uns droits petits ou médiocres, les autres longs, à base allongée et falciformes, garni de soies, de glandes rougeâtres abondantes et d'une villosité étalée plus ou moins fournie.

Fol. 5, vertes et velues comme les caulinaires ; la terminale longuement pétiolulée, obovée, aiguë au sommet, longuement rétrécie vers la base qui est entière.

Inflorescence bien développée, pyramidale, commençant à l'aisselle des 1 - 2 f. sup. ternées par des péd. étalés, allongés, multiflores, garnie ensuite de 1 - 2 folioles bractéales, libre enfin dans sa moitié ou ses deux tiers supérieurs et composée de péd. espacés, divariqués, allongés, s'appauvrissant régulièrement vers le sommet, les infér. pluriflores, les supér. courts et 1 -flores.

Axe et péd. hérissés d'aiguilles nombreuses fines et assez longues, presque toujours légèrement falciformes, de glandes abondantes, et d'une villosité feutrée, courte.

Calice feutré, finement glanduleux et légèrement aciculé, à divisions longuement acuminées, réfléchies pendant la floraison, redressées sur le fruit.

Pétales blancs, assez grands, obovés-oblongs, onguiculés.

Styles d'un vert-jaunâtre, ou à peine rosés à la base, dépassant les étamines dès l'ouverture de la fleur.

Carpelles petits, peu nombreux, ovales, glabres, nullement ou à peine déprimés à la base du style.

30 bis. R. divexiramus, *forma umbrosa* P. J. M. — Différences notées sur place : Plante moins vigoureuse, jaunâtre dans toutes ses parties ; feuilles plus molles ; fol. toujours 5, plus allongées, la terminale largement oblongue.

Inflorescence plus étroite, moins nettement pyramidale, de forme plus oblongue.

Pétales plus petits, oblongs, et non obovés-oblongs, mucronés.

Étamines fines, moins nombreuses. La plante croît au milieu d'un buisson qui l'étouffe.

51. R. congestiflorus P. J. M. — Tige fol. procombante ou presque couchée, angul., plane sur les faces, un peu canaliculée vers le sommet, hérissée d'aig. très nombreux, médiocres, à base peu dilatée, inégaux, fortement déclinés presque tous falciformes, garnie, en outre, de soies glandulif., de glandes péd., rougeâtres, abondantes et d'une villosité étalée fournie.

Pétiole court, plan en dessus, garni d'aig. nombreux, les latéraux falciformes ou presque droits, les postérieurs crochus.

Feuilles assez fermes, vertes sur les deux faces, munies de poils rudes, épars en dessus, et d'une villosité courte et étalée peu fournie, en dessous, doublement dentées, les infér. incisées ; dents très-inégales, les secondaires fréquemment réduites à un simple mucron, les autres très-larges, arrondies, mucronées, généralement peu profondes.

Fol. constamment 5, distinctement cordiformes, longuement acuminées ; la terminale régulièrement ovale ; les latérales plus ou moins lobées.

Rameau florif. anguleux, raide et court, garni d'aig.

nombreux, inégaux, déclinés-falciformes, de quelques soies, de glandes péd. abondantes et d'une villosité étalée, maigre.

Fol. 5, vertes et maigrement velues sur les deux faces, échancrées à la base, aiguës et brièvement acuminées, simplement dentées, dents ovales, mucronées.

Inflorescence obovée ou oblongue tronquée, médiocre, commençant à l'aiss. des 2 - 5 f. sup. ternées par des péd. dressés, pluri-multiflores, garnie ensuite de 1 - 2 fol. ovales, libre enfin dans son tiers supér., mais dépassant peu les feuilles, composée alors de péd. rapprochés, divariqués, égalés par de longues bractées linéaires, 2 - 5 - flores plus courts que les pédicelles.

Axe et péd. hérissés d'aig. très-nombreux, fins, allongés, falcif., droits sur les pédicelles, garnis de glandes rougeâtres, très-abondantes.

Calice feutré, hérissé de soies et de glandes rougeâtres; à divisions étalées pendant l'anthèse, bientôt redressées et appliquées sur le fruit, longuement et finement acuminées ; celles de la fleur terminale foliacées.

Pétales blancs, médiocres, obovés-oblongs, longuement onguiculés, presque toujours émarginés au sommet, pubescents sur le dos.

Etamines blanches, peu nombreuses, plus courtes que les styles; ceux-ci nombreux, divergents, habituellement rosés à la base.

Capitule fructif. fourni ; carpelles petits, obtus, légèrement déprimés, glabres.

52. R. tenuatispinus P. J. M. — Tige fol. procombante, plus ou moins obtusément anguleuse, mais canaliculée sur les faces dans toute sa longueur, garnie d'aig. nombreux, inégaux, sétacés, fragiles, droits ou légèrement falciformes, à peine dilatés à la base, de glandes sessiles et pédicellées rougeâtres et d'une villosité épaisse étalée ou entrecroisée.

Pétiole creusé en dessus dans sa moitié inférieure, ses aig. latéraux droits, les postérieurs courbés.

Feuilles vertes sur les deux faces, munies de quelques poils courts en dessus, d'une villosité très-courte et peu fournie en dessous, simplement dentées; dents petites, supercielles, ovales, mucronées.

Fol. 5, les latérales ventrues extérieurement, mais jamais lobées, nettement cordiformes, longuement et finement acuminées; la terminale largement ovale.

Rameau florif. anguleux, garni d'aiguilles fines, peu vulnérantes, falciformes, de soies glandulif., de glandes péd. abondantes et d'une villosité étalée.

Fol. 3, vertes et velues comme les caulinaires; les deux latérales distinctement pétiolulées; la terminale brièvement ovale, émarginée à la base, brièvement acuminée.

Inflorescence un peu courbée penchée, médiocre, obovale, commençant à l'aisselle des 1 - 2 f. sup. ternées par des péd. étalés 1 - pauciflores munie ensuite ordinairement d'une foliole ovale, libre enfin dans sa moitié sup. et composée de péd. rapprochés divariqués 1 - 3 - flores, égalant à peine les pédicelles.

Axe et péd. garnis d'aiguilles et de soies fines déclinées, ordinairement un peu courbées, de glandes rougeâtres abondantes, sur un fond tomenteux.

Bouton floral petit hémisphérique, aplati à la base, fortement glanduleux, non aciculé. Divisions du calice médiocrement acuminées, d'abord réfléchies à l'anthèse, puis en partie redressées, finalement renversées.

Pétales blancs, petits, obovés, obtus au sommet, onguiculés.

Etamines fines et blanchâtres, dépassant à peine les styles ; ceux-ci roses.

Capitule fructifère petit, globuleux ; carpelles ovales, fortement déprimés à la base du style et canaliculés sur le dos, pubescents dans leur jeunesse, glabres à la maturité.

35. R. acridentulus P. J. M. — Tige élevée vigoureuse, striée, arrondie inférieurement, obtusément anguleuse à l'extrémité, garnie d'aiguilles fines assez nombreuses, droites, les extrêmes un peu déclinées ou même légèrement courbées, recouverte, en outre, d'un mélange confus de soies glandulif. de glandes pédic. inégales et de poils entrecroisés.

Stipules filiformes.

Pétiole creusé en dessus dans les f. inférieures, plan dans les autres.

Feuilles vertes et garnies de poils courts, peu apparents, sur les deux faces, les infér. comme corrodées sur leur pourtour, les autres finement denticulées ; dents superficielles, un peu inégales, souvent réduites à un mucron saillant ; les dents qui terminent les principales nervures sont ordinairement défléchies.

Fol. 3, rarement 4, exceptionnellement 5 ; les latérales rarement lobées, largement ovales, émarginées à la base, finement acuminées ; la terminale largement oblongue ou orbiculaire, profondément échancrée près du pétiole, subitement et finement acuminée ; elle est portée par un pétiolule arqué-redressé, trois fois plus long que les pétiolules latéraux qui sont également redressés.

Rameau florif. strié, recouvert comme la tige : les aiguilles toutefois sont plus fines, la villosité plus courte et plus feutrée.

Feuilles semblables au caulinaires, mais à folioles plus

oblongues, plus brièvement acuminées, moins profondément échancrées.

Inflorescence bien développée, arrondie au sommet, commençant à l'aisselle des 2-6, ordinairement des 4 dernières f. sup. ternées par des péd. dressés, courts pauciflores, garnie ensuite de quelques folioles largement ovales, libre enfin et dépassant les feuilles, composée alors de péd. beaucoup plus courts que les bractées linéaires qui les accompagnent mais divisés en 2-5 longs pédicelles divariqués. Axe peu quoique distinctement fléchi en zigzag dans l'espace garni de feuilles.

Axe et péd. peu aciculés, mais abondamment garni de soies glandulif. et de glandes pédicellées.

Calice gros, feutré, fortement glanduleux, à divisions finement acuminées, réfléchies pendant l'anthèse, plus ou moins redressées sur le fruit, teintes en rouge intérieurement.

Pétales blancs, médiocres, oblongs, velus sur les deux faces, dressés-recourbés sur les étamines.

Etamines blanchâtres plus longues que les styles; ceux-ci roses.

Carpelles nombreux, ovales faiblement canaliculés sur le dos, glabres ou munis de quelques poils. Capitule fructifère globuleux ou légèrement conique.

Les glandes sont de couleur pourpre-foncé sur toutes les parties de la plante.

54. R. violaceus N. Boul. — Tige fol. procombviolette, arrondie, glabrescente, excepté à la base qui est plus velue, garnie de soies glandulif., de glandes pédic. inégales, abondantes, hérissée d'aig. sétacés inférieurement, ceux du milieu déclinés, inégaux, à base peu dilatée, fragiles, les extrêmes légèrement courbés.

Pétiole légèrement creusé en dessus dans sa moitié inférieure, garni d'aig. droits, les postér. lég' courbés.

Feuilles vertes et munies de poils rudes, épars, en dessus, d'un vert-jaunâtre et garnie d'une villosité très courte en dessous, simplement et régulièrement dentées, dents petites, ovales-triangulaires acuminées.

Folioles 3, rarement 5, nettement cordiformes, assez longuement acuminées, la terminale ovale-orbiculaire, régulièrement rétrécie vers le sommet.

Rameau florif. anguleux, garni d'aiguillons nombreux, inégaux, les plus faibles droits, les plus robustes falci-formes, de soies et de glandes pourpres abondantes, d'une pubescence rare.

Pétiole canaliculé en dessus.

Fol. 3, vertes et velues comme les caulinaires, large-ment ovales, cordiformes, aiguës ou brièvement acumi-nées.

Inflorescence fortement fléchie en zigzag, commençant à l'aisselle des 1 - 2 f. sup. ternées par des péd. étalés, pauciflores, quelquefois munie ensuite d'une bractée foliacée, puis composée d'une petite agglomération de fleurs dépassées par les feuilles, à pédonc. étalés 1 - 2, rarement 3 - flores, plus longs que les pédicelles.

Axe et péd. fortement hérissés d'aig. inégaux, les plus forts falcif., les autres droits, de soies et de glandes abon-dantes, sur un fond légèrement pubescent.

Calice légèrement aciculé, fortement glanduleux, à divisions ovales longuement et finement acuminées, d'abord réfléchies, puis redressées sur le fruit.

Pétales blancs, médiocres, obovés-oblongs, arrondis, ordinairement émarginés au sommet, brièvement ongui-culés, légèrement duvetés sur le dos.

Styles rosés à la base, plus longs que les étamines.

Jeunes carpelles munis de quelques poils au sommet.

35. R. Bellardi W. et N. — Tige fol. procombante, cylindrique, anguleuse à l'extrémité seulement, fortement hérissé d'aiguilles fines, non vulnérantes, inégales, les plus fortes à base dilatée et fréquemment un peu courbées, les autres droites et légèrement déclinées, de soies glandulif, nombreuses et de glandes fines, glabrescente, de couleur souvent glaucescente, devenant violacée au soleil.

Pétiole un peu creusé en dessus, à la base, plan du reste.

Stipules linéaires.

Feuilles molles, vertes, convexes, munies de poils courts plus abondants en dessus qu'en dessous, régulièrement et à peu près simplement dentées; dents médiocres, ovales, mucronées.

Fol. constamment 5, légèrement émarginées à la base, très longuement et finement acuminées; les latérales ventrues extérieurement; la terminale largement oblongue, arrondie à la base.

Rameau flor. d'un rouge foncé à la base, anguleux, garni d'aiguilles fines, abondantes, non vulnérantes, inégales, les plus fortes généralement un peu falciformes, de soies, de glandes inégales très nombreuses et de poils entrecroisés.

Feuilles assez grossièrement et plus irrégulièrement dentées que les caulinaires; les principales nervures sont aciculées en dessous; fol. terminale, largement oblongue, parfois rhombée, arrondie et à peine émarginée à la base, obtuse, aiguë ou brièvement acuminée au sommet.

Inflorescence courte, lâche, penchée, fortement fléchie à chaque bifurcation, tronquée au sommet; commençant à l'aisselle des 1 - 2 f. supér. ternées par des péd. très étalés pluriflores, parfois munie ensuite d'une grande foliole cordiforme, libre enfin, mais dépassant peu les feuilles et composée d'une agglomération médiocre de fleurs, dont les péd. sont très étalés ou divariqués; les inférieurs 2 - 3 - flores égalent leurs pédicelles, les supér. sont 1 - flores.

Axe et péd. aciculés, fortement glanduleux, feutrés. Bouton floral gros, arrondi, feutré, aciculé, fortement glanduleux.

Divisions du calice longuement et finement acuminées, étalées-réfléchies à l'anthèse, plus ou moins redressées sur le fruit.

Pétales blancs, longuement et étroitement lancéolés, pubescents, parfois pointillés de pourpre.

Etamines blanchâtres très nombreuses dépassant les styles; ceux-ci verdâtres ou quelquefois un peu rosés.

Carpelles nombreux, arrondis au sommet, faiblement canaliculés sur le dos, presque glabres.

36. R. Gérard-Martini P. J. M. — Tige foliifère vigoureuse, procombante, obtusément angul. à la base, plus nettement au sommet, armée d'aig. nombreux, vulnérants, très-inégaux, à base peu dilatée, droits peu déclinés, quelques-uns légèrement courbés. garnie de quelques soies glandulif., de glandes inégales peu abondantes et d'une villosité étalée, rude.

Pétiole canaliculé en dessus dans sa moitié infér., garni d'aig. dont les latéraux sont droits et les postér. courbés.

Stipules linéaires.

Feuilles de consistance ferme, d'un vert tendre et munies de poils épars en dessus, couvertes en dessous d'une villosité rude, fréquemment grises-tomenteuses, les infér. grossièrement incisées-dentées, toutes, du reste, inégalement dentées; dents ovales, mucronées.

Fol. souvent 3 à la base et à l'extrémité, ordinairement

5 au milieu de la tige; la terminale largement ovale parfois un peu rhombée, légèrement émarginée à la base, longuement acuminée.

Rameau florif. obtusément anguleux, armé d'aig. nombreux, inégaux, droits, déclinés, quelques-uns légèrement courbés, allongés, garni de glandes inégales, médiocrement abondantes et d'une villosité étalée.

Fol. 3, parfois 4, ou les extérieures lobées dans les f. inférieures, grossièrement incisées-dentées; la terminale brièvement rhomboïdale, à peine émarginée, aiguë. Les f. inférieures vertes, les sup. ordinairement grisâtres-tomenteuses.

Inflorescence bien développée, commençant à l'aisselle des 5, plus rarement 4-5 f. sup. ternées par des péd. étalés multiflores, garnie ensuite de quelques bractées foliacées lancéolées ou linéaires, ordinairement libre dans sa moitié ou son tiers supér., composée alors de péd. très-étalés ou divariqués, rapprochés, pluriflores, égalés par les pédicelles. Au milieu de la panicule on trouve ordinairement à la base du principal pédonc. un second plus faible uniflore.

Axe et péd. velus tomenteux, armés d'aig. nombreux, finement mais faiblement glanduleux. Axe ferme et droit.

Calice petit, gris-tomenteux, finement glanduleux, à divisions assez longuement et finement acuminées, étalées.

Pétales blancs, médiocres, chiffonnés, irréguliers, ovales, largement onguiculés, obtus au sommet, pubescents.

Etamines verdâtres, courtes, égalant presque les styles; ceux-ci d'un beau rouge.

Carpelles peu nombreux, glabres, ovales, canaliculés sur le dos.

57. R. spinosissimus, *var. commutatus* P. J. M.
— Tige fol. vigoureuse, presque arrondie, garnie de
quelques poils épars, et de glandes péd. pourpres, parfois sétacées, abondantes, armée d'aig. nombreux,
inégaux, vulnérants, assez robustes, à base conique,
droits ou légèrement déclinés.

Stipules linéaires.

Pétiole légèrement creusé en dessus, garni d'aig. droits.

Feuilles vertes sur les deux faces, munies d'une villosité rude, peu fournie, assez régulièrement et doublement
dentées ; dents ovales, cuspidées ; celles qui terminent
les principales nervures plus saillantes.

Fol. 5 en pleine tige, 5, les latérales lobées vers
l'extrémité ; les 4 fol. infér. largement ovales; la terminale orbiculaire, profondément cordiforme, assez subitement et médiocrement acuminée.

Rameau flor. épais, vigoureux, obtusément anguleux,
garni de soies fines, de glandes inégales, abondantes, de
poils entrecroisés, armé d'aig. inégaux, subulés, coniques, droits.

Fol. 5, vertes et velues comme les caulin., grossièrement et inégalement dentées ; la terminale orbiculaire,
émarginée à la base, aiguë au sommet.

Inflorescence interrompue, allongée, feuillée dans toute
sa longueur, commençant à l'aiss. des 5-4 f. sup. ternées
par des péd. parfois géminés, étalés-dressés, multiflores,
portant des inflorescences partielles corymbiformes,
garnie ensuite jusqu'au sommet de larges folioles trilobées ou ovales et composée de péd. inégalement divisés,
2 - 5 - flores, agglomérés en un corymbe terminal
irrégulier.

Axe et péd. garnis de longues aiguilles droites, éparses
de soies et de glandes très-abondantes.

Bouton floral gros, à base déprimée, feutré, aciculé,
glanduleux.

Divisions du calice longuement et finement acuminées, celles des fleurs terminales foliacées, imparfaitement étalées pendant l'anthèse, redressées sur le jeune fruit, réfléchies de nouveau à la maturité.

Pétales blancs, très légèrement lavés de rose, grands, largement ovales-orbiculaires, brièvement et subitement onguiculés, concaves, dressés, velus sur le dos.

Etamines nombreuses, plus longues que les styles; ceux-ci verdâtres, fasciculés, peu nombreux.

Capitule fructif. globuleux ou ovale, carpelles gros, peu nombreux, à peine déprimés à la base du style, glabre, se détachant difficilement du réceptacle.

Cette espèce fructifie mal; la plupart des fleurs avortent, ce que nous attribuons à l'exubérance de la végétation,

Il est bon de remarquer que cette plante croit sur le même sol et dans les mêmes conditions que le *R. breviglandulosus* Müll. (*v. Ronces vosg. n° 15*).

18 *bis*. R. roseiflorus P. J. M. — Tige fol. angul., glabre, glaucescente, armée d'aig. droits.

Feuilles pubescentes en dessus, ordinairement grisâtres-tomenteuses en dessous, finement et assez régulièrement dentées.

Fol. 5 ou 3 les latérales étant lobées; la terminale largement ovale ou brièvement rhombée, émarginée à la base, brièvement acuminée.

Rameau florif. anguleux, finement pubescent, muni de quelques glandes subsessiles et de petits aig. épars, légèrement déclinés.

Fol. 3, pubescentes en dessus, très brièvement veloutées, devenant grisâtres-tomenteuses dans le voisinage de la panicule, en dessous, assez finement et doublement dentées; dents petites, ovales, mucronées; les folioles latérales subsessiles; la terminale obovée-rhomboïdale, légèrement émarginée, aiguë ou brièvement acuminée.

Inflorescence oblongue ou corymbiforme, commençant l'aiss. des 2 - 3 f. sup. ternées par des péd. allongés, étalés-dressés, 1 - 2 - flores, rarement 3 - flores, garnie ensuite de 1 - 5 fol. bractéales, libre enfin et composée de péd. ascendants dont les supérieurs très étalés, accompagnés de bractées courtes, trifides; la fleur terminale est dépassée par celles qui l'entourent.

Axe et péd. pubescents, souvent presque inermes, ou garnis de quelques aig. fins, droits et de quelques glandes sessiles ou brièvement pédicellées.

Calice tomenteux, finement ponctué-glanduleux, non aciculé, à divisions verdâtres, bordées de blanc, réfléchies.

Pétales grands, ovales-orbiculaires, très brièvement onguiculés, un peu rétrécis vers le sommet et émarginés, étalés, glabrescents, d'un beau rose clair.

Etamines nombreuses, parfois rosés, bien plus longues que les styles; ceux-ci jaunâtres, un peu rosés à la base.

Carpelles glabres, peu nombreux.

Obs. Cette espèce dont je n'ai pu recueillir les feuilles caulinaires, ni les fruits est à joindre au n° 18.

38. R. fasciculatus P. J. M. ? — Tige couchée ou s'élevant sur les buissons dans les haies, obtusément angul., concave sur deux faces, plane sur les trois autres, d'abord pubescente, à la fin glabre; armée d'aig. nombreux, petits, coniques, droits, inférieurement, déclinés dès le milieu, courbés-crochus vers l'extrémité. Point de glandes.

Pétiole creusé en dessus, armé d'aig. crochus.

Stipules linéaires-lancéolées.

Feuilles finement pubescentes en dessus, munies d'une villosité courte et molle sur un fond tomenteux blanc ou d'un blanc-jaunâtre, en dessous, doublement dentées quoique obscurément; dents ovales, brièvement mucronées.

Fol. 5; les deux extér. sessiles ou un peu soudées; les deux interméd. obovées-rhomboïdales; la terminale orbiculaire-rhombée, distinctement émarginée à la base, régulièrement rétrécie-aiguë au sommet.

Rameau flor. anguleux, tomenteux, garni d'aig. petits, légèrement courbés.

Fol. 3, pubescentes en dessus, tomenteuses en dessous; les deux latérales sessiles; la terminale obovée-rhomboïdale, entière à la base, subaiguë au sommet.

Inflorescence obovée-oblongue, commençant à l'aiss. des 2 - 3 f. sup. ternées ou trilobées par des péd. étalés-dressés uni-pluriflores, libre ensuite et composée de péd. rapprochés, divariqués, ou simplement étalés 1 - 4 - flores. Pédicelles plus longs que les pédonc. Les bractées très-variables atteignent rarement les fleurs. Calice arrondi à la base, blanc-tomenteux, non glanduleux, divisé presque jusqu'à la base, à divisions concaves, étalées.

Pétales d'un blanc-jaunâtre, médiocres, ovales-orbiculaires, glabres.

Anthères jaunâtres dépassant de peu les styles; ceux-ci verdâtres, fasciculés.

Capitule fructifère globuleux, déprimé; carpelles irréguliers, gibbeux à la maturité, parcourus sur le dos par un large sillon, glabres. — Cette espèce fructifie mal.

59. **R. degener** P. J. M. — Tige fol. vigoureuse, couchée, redressée dans les haies, obtusément anguleuse inférieurement, nettement angul. et plane sur les faces

au milieu, un peu concave à l'extrémité, velue-pubes-
cente, garnie de glandes péd. fines, inégales, armée d'aig.
très nombreux, parfois très rapprochés, inégaux, coniques, à base dilatée, droits, légèrement courbés vers
l'extrémité de la tige.

Stipules lancéolées ou même ovales-lancéolées.

Pétiole largement creusé en dessus, garnis d'aig. à
base dilatée et courbés.

Feuilles brièvement velues en dessus, veloutées tomenteuses, d'un gris-cendré, en dessous, assez régulièrement et doublement dentées; dents ovales, triangulaires,
cuspidées.

Fol. 5, toutes un peu creusées en cœur à la base, les
4 inférieures largement oblongues; les deux interméd.
brièvement acuminées; la terminale orbiculaire, brièvement et finement acuminée.

Rameau flor. obtusément angul. flexueux, garni de
quelques glandes sessiles, d'aig. nombreux, médiocres,
acérés, à base dilatée, inégaux, droits ou quelques-uns
faiblement courbés.

Fol. 3, parfois 4 - 5, assez grossièrement et inégalement dentées; les deux fol. extér. sessiles; la terminale
obovée, obtusément cunéiforme, un peu émarginée à la
base, aiguë ou brièvement acuminée.

Inflorescence richement développée, commençant à
l'aiss. des 1 - 3 f. sup. ternées par des péd. étalés, le plus
souvent appauvris ou parfois allongés et multiflores,
garnie ensuite jusqu'au sommet de folioles ovales ou
lancéolées, composée de péd. étalés-dressés, à l'exception
des supérieurs qui sont presque divariqués, d'où la
panicule prend un aspect corymbiforme.

Axe et péd. tomenteux, armés d'aig. très nombreux,
acérés, inégaux, généralement un peu falcif. garnis de
soies fines et de glandes péd. fines, assez abondantes.

Calice tomenteux, finement glanduleux, peu ou nullement aciculé, à divisions étalées-concaves, médiocrement acuminées excepté celles des fleurs terminales.

Pétales blancs, ovales-orbiculaires, assez grands, chiffonnés, glabrescents.

Etamines blanchâtres, plus longues que les styles; ceux-ci peu nombreux, verdâtres.

Carpelles gros, peu nombreux, glabres.

40. R. idæus L. — Souche jaunâtre, facile à déraciner. La jeune tige fol. ne se développe que vers la fin de la floraison; elle est garnie, à la base, de longues écailles roussâtres, entières : bientôt ces écailles deviennent trifides au sommet, et à la sortie de terre le limbe foliaire se dégage des stipules que représentent ces écailles.

Tige fol. développée. Elle est dressée, cylindrique de la base au sommet, glaucescente, couverte d'une pubescence à peine visible à l'œil nu. Les aig. nombreux sur toute la tige sont plus rapprochés à sa base; ils sont très petits. inégaux, d'un brun noir, à base brièvement dilatée, droits ou légèrement courbés.

Stipules filiformes.

Pétiole canaliculé en dessus, pubescent, ordinairement inerme, rarement muni de quelques aig. droits.

Feuilles munies de quelques poils courts et épars, en dessus, blanches-tomenteuses, nervures saillantes, en dessous, simplement quoique un peu inégalement dentées; dents petites, ovales, acuminés.

Les feuilles sont pinnées, à 3, à 5, rarement à 7 folioles au milieu de la tige, ordinairement à 5, à la base et au sommet; on rencontre, du reste, sur un même pied toutes les formes réunies par de nombreux intermédiaires.

Rarement on voit se détacher du pétiolule des folioles latérales deux autres folioles plus pétites, comme c'est la règle dans les ronces à feuilles palmées.

Les folioles latérales sont sessiles ou subsessiles, ovales-oblongues, aiguës ou brièvement acuminées.

La fol. terminale est ovale, nettement cordiforme dans les f. à 5 fol., oblongue-rhomboïdale, tronquée ou à peine émarginée à la base et brièvement acuminée dans les f. à 5 fol.

Rameau florif. court (10 - 25 centim.) obtusément anguleux, légèrement pubescent, garni d'aspérités et de quelques aig. rares et courts.

Feuilles peu nombreuses revêtues comme les caulin.

Fol. 3, ovales-émarginées ou cordif. aiguës, simplement quoique un peu inégalement dentées.

Inflorescence. C'est une grappe composée de péd. solitaires et uniflores à l'aisselle de presque toutes les feuilles qui sont trifoliolées jusqu'au sommet; la grappe se termine par un petit fascicule de 5 - 6 fleurs plus rapprochées, non axillaires.

Les péd. sont arqués pendants, finement tomenteux, garnis de petits aig. rougeâtres, légèrement falciformes.

Ordre de floraison. La fleur qui termine l'axe s'ouvre la première, puis toutes les autres successivement à partir de la fleur terminale en redescendant vers la base du rameau.

Dans les éch. appauvris l'inflorescence se réduit à un petit bouquet de fleurs fasciculées.

D'après ce que nous venons de dire l'inflorescence est donc une cyme simple unilatérale dans le sens attaché à ce mot par M. Ach. Guillard (*Bull. soc. bot. de France,* 1857, p. 122 et 455.)

Bouton floral aplati à la base, gris-verdatre, pubescent, rarement aciculé.

Divisions du calice ovales, acuminées, étalées-dressées au moment de l'anthèse, réfléchies à la maturité.

Pétales blancs, petits, étroitement obovés-oblongs, onguiculés, dressés-concaves, glabres.

Etamines blanches, dressées, dépassant et masquant les styles; ceux-ci blancs et rapprochés.

Jeunes fruits gris-tomenteux. Capitule fructifère ovale-globuleux, composée de petites drupes adhérentes rouges-tomenteuses.

———

Nous avons soumis à l'examen de M. Müller, des spécimens de toutes les espèces publiées dans cette seconde livraison, leur détermination est donc pleinement authentique. Cette observation tiendra lieu de tous les signes d'exclamation dont nous aurions pu hérisser la nomenclature.

M. le Dr Mougeot, de Bruyères, ayant eu l'extrême obligeance de nous communiquer les Rubus de son magnifique herbier, l'examen de ces types nous permet de donner ici des synonymes importants de plusieurs espèces de nos Ronces vosgiennes.

1° *Rubus procerus* Müll. *R. vosg.* n° 6 = *R. thyrsoïdeus* γ *rhamnifolius* Godr. (in herb. Mougeot).

2° *R. umbraticus* Müll. *R. vosg.* n° 9 = *R. carpinifolius* W. et N. (secundum D. Godr. in herb. Mougeot).

3° *R. breviglandulosus* Müll. *R. vosg.* n° 15 = *R. hirtus* α *genuinus* Godr. (in herb. Mougeot).

4° *R. rosciflorus* Müll. *R. vosg.* n° 18 = *R. nemorosus* Hayne (sec. Soyer-Willemet, in herb. Mougeot).

Grand séminaire de Saint-Dié (Vosges), le 2 avril 1868.

N. BOULAY.

———

Rambervillers, imp. Méjeat.

DESCRIPTION DES ESPÈCES

D'APRÈS

DES NOTES PRISES SUR LE FRAIS.

━━━━━━◆━━━━━━

8. bis. Rubus piletostachys Godr. et Gren. *Forma umbrosa.* — Voir la description, *Ronc. vosg.* 1er fascic. n° 8.

Variantes : Aiguillons de la tige folif. robustes. Pas de glandes pédicellées. Villosité peu fournie.

Pétiole légt canaliculé en dessus, au moins dans sa partie inférieure. Feuilles d'un vert assez clair en dessus, munies d'une villosité éparse en dessous. Dents fréqt doubles, inégales, grandes, ovales, mucronées. Folioles grandes; la terminale ovale-oblongue.

Rameau florifère développé, anguleux, garni dans toute sa longueur d'une villosité étalée feutrée.

Fréqt 4-5 folioles à la base du rameau. Pédoncules supérieurs divariqués. Au milieu du feutre qui recouvre l'axe et les pédonc. on distingue, à la loupe, quelques glandes pédicellées.

Bouton floral arrondi à la base. Filets des étamines légt rosés. Pétales d'un beau rose clair, obovés-oblongs, rétrécis aux deux extrémités, concaves.

41. R. obœsus N. Boul. M. Müller, *in litt.*, ne voit dans cette plante qu'un *R. umbraticus*; pour nous, fidèle au principe qui fait la base de cette publication, de distinguer ce qui est distinct dans la nature, tant que les différences restent inexpliquées, nous y voyons une forme suffisamment caractérisée pour être mise à part, sans nier toutefois la possibilité d'une réduction ultérieure.

Le *R. obœsus* se sépare du *R. umbraticus* par les caractères suivants :

Tige foliif. couchée, presque arrondie, à faces convexes jusqu'au delà du milieu, planes à l'extrémité seulement, garnie de glandes pédicellées fines, parfois, bien que rarement sétacées, éparses.

Feuilles plus grandes; la foliole terminale orbiculaire, distinctement quoique peu profondément émarginée à la base, plus brusquement acuminée.

Rameau florif. garni de soies fines, de glandes pédicellées nombreuses. Axe et pédonc. garnis de soies glandulifères, de glandes abondantes, outre les longues aiguilles qui répondent à celles du R. umbraticus. La plante est beaucoup plus vigoureuse dans toutes ses parties. La villosité, qui recouvre les tiges, les rameaux florif. l'axe et les pédonc. est bien plus fournie et plus rude.

Enfin le R. umbraticus normal croît à côté.

42. R. implacitus P. J. Müll. — Tige foliif. vigoureuse, procombante, purpurine au soleil, formant des buissons très épais, obtusément anguleuse à la base, nettement anguleuse et concave sur les faces à l'extrémité, garnie d'aig. très nombreux, forts, peu inégaux, à base dilatée conique, les inférieurs droits, les supérieurs fortement déclinés, lég' falciformes. Glandes subsessiles d'un jaune d'or, assez nombreuses. Villosité crépue à la base de la tige, courte et très peu fournie sur le reste.

Pétiole plan en dessus, armé d'aig. crochus. Stipules linéaires.

Feuilles médiocres, fortement nerviées, vertes et garnies d'une villosité courte, peu fournie sur les deux faces, assez régul. et en partie simplement dentées; dents assez grandes, ovales, longuement mucronées.

Fol. 3-5; la terminale largement ovale, tronquée, arrondie, à peine émarginée à la base, simplement aiguë ou brièvement acuminée; les latérales petites, oblongues quand elles sont à 5, ventrues lobées quand la feuille est trifoliolée.

Rameau florif. anguleux, assez grêle, droit, garni d'aig. nombreux, rougeâtres, déclinés, lég. falciformes, de quelques soies glandulif., et d'une villosité entre-croisée, assez fournie.

Fol. 3, médiocres, vertes et velues comme les cauli-naires, celles des feuilles supérieures un peu plus fine-ment dentées; la terminale largement et brièvement ovale, entière à la base, aiguë au sommet.

Inflorescence médiocre, oblongue, arrondie au som-met, commençant à l'aisselle des trois dernières f. sup. ternées, garnie ensuite de 1-3 fol., libre enfin dans la moitié ou le tiers supérieur, composée alors de péd. courts étalés, égalant les pédicelles, 1-3 flores, et munis de bractées linéaires trifides qui atteignent les fleurs.

Axe et pédonc. garnis d'aiguilles déclinées très nom-breuses, de soies glandulif. et d'une villosité fournie, grisâtre.

Calice aciculé glanduleux, velu grisâtre, à divisions brièvement acuminées, étalées pendant l'anthèse, réflé-chies à la maturité.

Pétales blancs, très étalés, assez grands, largement obovés, distinctement onguiculés, velus sur le dos.

Anthères d'un jaune verdâtre. Styles verdâtres faible-ment rosés à la base, atteignant la hauteur des anthères.

Carpelles peu nombreux, velus, un peu déprimés à la base du style.

5 *bis*. **R. speciosus** Müll. *Forma umbrosa.* Les feuilles sont d'un blanc plus grisâtre, moins pur, en dessous. Le rameau florif. a ses feuilles inférieures ord^t à 5 folioles. L'inflorescence est plus étroite, les pédonc. sont appauvris. Les pétales sont d'un assez beau rose.

43. R. piletaucaulon P. J. Müll. — Tige fol. procomb. nettement angul. dans toute sa long., lég^t concave sur les faces, munie d'une villosité molle, entrecroisée, armée d'aig. forts, égaux, à base brièvement dilatée, droits ou faiblement déclinés, assez nombreux. Quelques glandes très rares se rencontrent surtout près des pétioles.

Pétiole plan en dessus, armé d'aig. droits.

Feuilles blanchâtres tomenteuses avec une villosité fine, peu fournie, en dessous; denticulation assez régul. bien que parfois un peu inégale et double en partie; dents principales ovales, acuminées, à pointe diversement contournée, ce qui rend les bords de la feuille crépus.

Fol. 5 sur les tiges vigoureuses, la terminale largement ovale, émarginée à la base, régul^t et assez longuement acuminée; dans le cas de 3 fol., la terminale est oblongue-rhomboïdale.

Rameau florif. obtusément angul., armé d'aig. fins, subulés, faiblement déclinés.

Fol. 3, munies d'une villosité rude, assez fournie sur les 2 faces, blanchâtres en dessous; la terminale ovale-oblongue, à peine émarginée, brièvement acuminée.

Inflorescence médiocre, oblongue, commençant à l'aisselle des 2 f. sup. ternées par des péd. étalés pauciflores, munie ensuite d'une foliole ovale, libre et élevée au dessus des feuilles dans son tiers supérieur, composée alors de péd. très étalés ou même divariqués, 2 - 3 flores, égalant à peine les pédicelles, accompagnés de bractées trifides qui atteignent les fleurs.

Axe et péd. tomenteux feutrés grisâtres, armés d'aig. fines, droites, peu nombreuses, garnis de glandes assez nombreuses, mais peu apparentes.

Bouton floral arrondi, grisâtre, couvert de longs poils blanchâtres, inerme, à peine glanduleux. Calice à divisions longuement et finement acuminées, réfléchies.

Pétales blancs, chiffonnés, assez grands, ovales, brièvement onguiculés, pubescents sur le dos, ciliés au sommet.

Etamines nombreuses, blanchâtres, plus longues que les styles qui sont verdâtres.

Espèce très fertile. Capitule fructifère très gros, globuleux.

Carpelles nombreux, gonflés, déprimés à la base du style, fortement canaliculés sur le dos, finement pubescents sur toute leur surface.

44. R. podophyllos P. J. Müll. — Cette plante diffère du *R. obsectifolius, Ronc. vosg. n° 13*, par la présence, sur la tige, de soies et de glandes pédic. beaucoup plus rares; par les aiguillons des pétioles qui sont distinctement falciformes et non pas simplement déclinés. La foliole terminale est ici ovale-oblongue et non pas obovée, un peu plus distinctement émarginée peut-être.

Le rameau florif. est plus velu, beaucoup moins garni de soies et de glandes; l'axe est moins flexueux, plus raide.

L'axe et les pédonc. sont munis d'une villosité rude, étalée, et non finement tomenteux.

Le bouton floral est plus petit, globuleux, non déprimé à la base.

Les pétales plus petits sont plus étroitement oblongs et non obovés.

Le capitule fructifère est médiocre, globuleux.

45. R. vestiferus P. J. Müll. — Tige fol. oblique ascendante, obtusément angul. à la base, nettement et plane sur les faces dès le milieu, garnie d'une villosité entrecroisée, rude, munie de glandes et de soies glandulif. éparses, armée d'aig. assez nombreux, médiocres, inégaux, à base peu dilatée, droits, les supérieurs déclinés.

Pétiole un peu creusé en dessus dans sa moitié inf., armé d'aig. dont les latéraux sont droits et les postérieurs courbés.

Feuilles munies d'une villosité rude, médiocrement fournie sur les deux faces, lég' grisâtres en dessous, inégalement et en partie doublement dentées; dents petites, triangulaires, acuminées, celles qui terminent les nervures secondaires plus grandes à pointe divergente.

Fol. 3, à la base et à l'extrémité de la tige, normalement 5 au milieu; la terminale oblongue-elliptique, lég' émarginée à la base, subitement contractée au sommet, puis brièvement acuminée.

Rameau florif. bien développé, anguleux, garni d'une villosité entrecroisée, étalée, fournie, de glandes fines et de quelques soies, armé d'aig. petits, inégaux, déclinés, presque tous droits.

Fol. 3, velues comme les caulinaires, les supér. un peu grisâtres en dessous, doublement quoique peu profondément dentées, oblongues étroites, presque entières à la base, brièvement acuminées, convexes.

Inflorescence obovée, médiocre, commençant à l'aisselle des 1 - 2 f. sup. ternées par des pédonc. 3 flores, étalés-dressés, munie ensuite d'une foliole, et enfin élevée au dessus des feuilles dans sa moitié supér., composée alors de (5 - 10) péd. étalés-ascendants, 1 - 3 flores, plus longs que les pédicelles, accompagnés de bractées trifides qui atteignent à peine les fleurs.

Axe et péd. garnis d'une villosité étalée, fournie, de

glandes fines nombreuses, de quelques soies et d'aiguilles fines, inégales dont quelques-unes sont allongées.

Bouton floral sphérique, feutré, inerme, finement glanduleux; divisions du calice médiocrement acuminées, réfléchies.

Pétales ovales-oblongs, assez grands, largement onguiculés, pubescents, ciliés, lég^t rosés.

Etamines blanches beaucoup plus longues que les styles; ceux-ci lég^t rosés à la base.

Jeunes carpelles munis de quelques poils au sommet.

46. **R. eminens** N. B. — Tige fol. procomb. obtusément anguleuse à la base, nettement dès le milieu et faces lég^t concaves, couverte d'une villosité entrecroisée fournie, de glandes péd. très-inégales, quelques-unes sétacées, armée d'aig. fins, inégaux, les uns droits, les autres lég^t falciformes.

Pétiole lég^t canaliculé en dessus dans sa moitié inférieure, armé d'aig. dont les latéraux sont droits, et les postérieurs courbés.

Feuilles peu velues, vertes sur les deux faces, inégalement et doublement dentées; dents principales grandes, triangulaires, acuminées.

Fol. 5, distinctement pétiolulées; la terminale largement ovale dans les f. inférieures, ovale rhombée dans les f. moyennes et sup., entière, ou à peine émarginée à la base, régul^t rétrécie et médiocrement acuminée.

Rameau florif. arrondi, garni d'aiguilles fines, éparses, droites ou à peine falcif., de glandes pédic. inégales.

Fol. 3, vertes et velues comme les caulinaires, les supérieures toutefois tendent à devenir grisâtres en dessous.

Inflorescence d'un beau développement, oblongue ou

pyramidale, commençant à l'aisselle de 1 - 3 f. sup. ternées par des péd. appauvris ou pluriflores très étalés, munie ensuite d'une foliole ovale, libre enfin dans sa moitié supérieure, et composée de péd. qui vont en s'appauvrissant 3 - 1 flores, divariqués, plus longs que les pédic. Axe et péd. feutrés-tomenteux, garnis de quelques aiguilles fines, droites, de glandes nombreuses mais assez peu apparentes.

Bouton floral gros sphérique, tomenteux-grisâtre, finement glanduleux, à peine aciculé; divisions du calice finement et assez longuement acuminées, réfléchies.

Pétales grands obovés, arrondis au sommet, long^t onguiculés, finement pubescents, ciliés au sommet, blancs.

Etamines blanches plus longues que les styles qui sont verdâtres, parfois rosés à la base.

Espèce très fertile. Capitule fructifère gros ovale. Les carpelles soit mûrs, soit rougissant à peine, sont tantôt fortement déprimés à la base du style et canaliculés sur le dos, tantôt lisses et arrondis; les deux formes se remarquent sur un même capitule ou un même rameau.

Il reste quelques poils à la base du style.

47. R. stereacanthos P. J. M. — Tige fol. pourpre au soleil, vigoureuse, arquée-procomb., obtusément angul. vers la base, nettement angul. dès avant le milieu et concave sur les faces, armée d'aig. très nombreux, parfois agglomérés, coniques, droits, acérés, allongés, garnie, en outre, de quelques poils crépus, peu apparents.

Pétiole distinctement canaliculé en dessus, armé d'aig. fortement courbés; stipules linéaires, grêles.

Feuilles médiocres, d'un vert foncé en dessus, grisâtres lég^t tomenteuses en dessous, munies sur les deux

faces d'une villosité courte et peu fournie, superficiellement dentées, dents fines, simples dans les f. moyennes,
à pointe parfois divergente.

Fol. 5; la terminale largement ovale ou brièvement
oblongue, arrondie et lég¹ émarginée à la base, brièvement acuminée.

Rameau florif. très anguleux, sillonné, armé d'aig. nombreux, longs, acérés, presque égaux, droits ou lég¹ falciformes, garni de poils rudes peu fournis.

Pétiole fortement canaliculé en dessus.

Fol. 3, parfois 4-5, velues comme les caulin., plus
ou moins grisâtres tomenteuses en dessous, finement denticulées; la terminale largement et peu distinctement obovée,
très brièvement acuminée, souvent à peine émarginée à la
base.

Inflorescence oblongue souvent appauvrie, commençant
à l'aisselle des 1-2 f. sup. ternées, dans les grands éch.,
par des péd. étalés, robustes, anguleux, multiflores,
garnie ensuite de 1-3 folioles ovales, libre enfin dans le
tiers sup.; pédonc. plus longs que les pédicelles.

Axe et péd. pubescents, armés de longues aiguilles
nombreuses, vulnérantes; l'axe est un peu flexueux.

Bouton floral globuleux, blanchâtre tomenteux, lég¹
aciculé, garni de glandes sessiles; divisions du calice
brièvement acuminées, réfléchies.

Pétales d'un beau rose, grands, étalés, ovales arrondis
ou un peu obovés, assez longuement onguiculés, très
pubescents.

Etamines faiblement rosées, plus longues que les styles;
ceux-ci verdâtres.

Capitule fructifère un peu conique; carpelles assez
nombreux, non sillonnés, glabres.

48. R. rudis W. et N. — Nos observations recueillies
sur place concordant, jusque dans les moindres détails,
avec la description de Weihe et Nees, nous donnerons ici
une traduction abrégée du texte de ces auteurs.

« Rejet stérile procombant ou arqué, s'il est soutenu,
anguleux, sillonné, dur, pourpre, armé d'aig. médiocres,
conformes, épars, peu dilatés, courbés ou droits et déclinés, pourpres, entre lesquels naissent des soies innom-
brables, d'une demi-ligne, très fines, en grande partie
glandulifères, d'un pourpre obscur. Les poils manquent
complétement.

Feuilles ordinairement quinées en plein rejet, les inférieures fréq' ternées, les supér. irrégulières....

Pétiole commun armé comme la tige, lég' velu....
Folioles médiocres, ovales, arrondies ou cunéiformes,
jamais cordiformes à la base, longuement cuspidées, grossièrement et inégal' dentées en scie, planes, molles, d'un
vert gai, et très glabres en dessus, blanchâtres-pubes-
centes en dessous.

Rameau florifère. Feuilles ternées ; folioles ovales ou
obovées, subincisées, dentées en scie, glabres en dessus,
pubescentes en dessous. Panicule médiocre, étalée, plus
longue dans sa partie libre que dans sa partie axillaire,
peu flexueuse, garnie d'aig. épars, ceux du milieu plus
longs, déclinés ainsi que les inférieurs, les supérieurs
moins nombreux, plus courts et plus droits, de soies
simples ou glandulif., abondantes jusqu'au delà du milieu
de la panicule, remplacées dès lors peu à peu par des
glandes nombreuses, pourpres, brièvement pédicellées,
peu proéminentes au dessus du *tomentum*. Rameaux axillaires de la panicule au nombre de 4 environ, à 5 fleurs,
dont les trois supérieures en corymbe. Rameaux libres, 7
environ, distants entre eux d'un demi-pouce ou à peine
d'un sixième de pouce, horizontalement étalés; corymbiformes, 5 - 2 flores, divisés près de leur base. Pédonc.
divariqués, très glanduleux, tomenteux, garnis en outre

d'aig. courts, droits, peu nombreux, et de quelques soies. Toutes les bractées courtes, glanduleuses et velues; celles des rameaux trifides, les bractéoles des pédonc. linéaires.

Calices de grandeur ordinaire, tomenteux et glanduleux; divisions ovales longuement cuspidées, réfléchies après l'anthèse. Pétales ovales, d'un pourpre pâle.

Etamines blanches. Fruits noirs. Recherche les montagnes et les collines exposées au soleil.... »

49. **R. cavatifolius** P. J. M. — Tige fol. procomb. ou couchée, nettement angul. dans toute sa longueur, faces lég.t concaves, glabrescente, mais rude hérissée d'aig. nombreux, très inégaux, les uns assez grands, à base dilatée, droits, les autres parfois très petits, presque réduits à une saillie, fréq.t glandulif.; la tige est garnie, en outre, de soies glandulif. et de glandes fines, inégales, nombreuses; exposée au soleil, elle se colore en pourpre foncé.

Pétiole plan en dessus, garni d'aig. dont les latéraux sont droits et les postér. courbés.

Feuilles à peu près glabres en dessus, très peu velues, mais tendant à devenir grisâtres en dessous, assez régul.t dentées, dents larges, arrondies, puis brièvemnet mucronées.

Fol. 5 jusqu'à l'extrémité, les f. infér. seules sont trifoliolées; la terminale largement ovale, nettement cordiforme, rétrécie vers le sommet, médiocrement acuminée.

Rameau florif. anguleux, à faces concaves, muni d'une villosité molle étalée, d'aig. épars, longs, à base dilatée, déclinés et de glandes fines abondantes.

Fol. 3, peu velues, mais les supér. devenant grisâtres en dessous, plus grossièrement dentées que les caulinaires; la terminale lég.t émarginée à la base, médiocrement acuminée, ovale.

Inflorescence largement oblongue, tronquée, commençant à l'aisselle des 1-3 f. sup. ternées par des péd. étalés pluriflores allongés, munie ensuite de 1-2 folioles ovales, libre dans sa moitié supér., composée de péd. à peu près divariqués, longs ainsi que les pédicelles, accompagnés de bractées trifides qui n'atteignent pas les fleurs.

Axe et péd. pubescents-tomenteux, armés d'aig. fins, droits, plus ou moins nombreux, garnis de glandes fines abondantes.

Calice tomenteux, inerme, finement glanduleux, à divisions acuminées, constamment réfléchies.

Pétales médiocres, oblongs, assez long^t onguiculés, ord^t émarginés au sommet, pubescents, étalés, blancs, ou très lég^t rosés.

Etamines blanches plus longues que les styles; ceux-ci verdâtres.

Capitule fructifère médiocre, globuleux; carpelles arrondis, gibbeux, fortement déprimés à la base du style, à peine sillonnés sur le dos.

50. **R. Jacqueli** N. B.—Tige vigoureuse, procomb., angul. à faces planes ou lég^t convexes, velue, armée d'aig. très nombreux et très inégaux, les uns allongés, à base dilatée, droits, les supérieurs falciformes, les autres s'atténuant jusqu'à l'état de soies glandulifères; ces dernières nombreuses.

Stipules filiformes.

Pétiole un peu creusé en dessus, armé d'aig. dont les latér. sont droits et les postérieurs courbés.

Feuilles glabrescentes en dessus, finement et brièvement velues sur un fond lég^t grisâtre en dessous, superficiellement dentées; dents simples, arrondies, à mucron parfois divergent.

Fol. 5, fermes; la terminale orbiculaire, nettement mais peu profondément cordiforme; un peu rétrécie au sommet, puis médiocrement acuminée.

Rameau florif. épais, lég* flexueux, anguleux, glanduleux, garni de soies et d'aig. inégaux, dont les plus grands sont allongés, déclinés et en partie falciformes, nombreux.

Fol. 3, parfois 5, peu velues, mais grisâtres-tomenteuses en dessous, simplement et superficiellement dentées; la terminale orbic. ou brièvement rhombée, très lég* émarginée.

Inflorescence médiocre, oblongue, tronquée au sommet, commençant à l'aiss. des 2-3 f. supér. ternées par des péd. étalés, courts, pauciflores, munie ensuite de 1-3 fol. ovales, libre seulement dans le tiers ou le quart supérieur, et composée de péd. étalés ascendants 1-2, rarement 3 flores, égalant à peu près les pédicelles, accompagnés de bractées en partie foliacées qui atteignent les fleurs.

Axe et péd. tomenteux, hérissés de soies et de glandes pourpres abondantes, armés d'aig. nombreux, inégaux, dont les plus grands sont fréq* lég* falciformes.

Bouton floral aplati à la base, finement aciculé-glanduleux; divisions du calice médiocrement acuminées, réfléchies.

Pétales médiocres, oblongs, brièvement et largement onguiculés, concaves, dressés, blancs.

Étamines blanches égalant ou dépassant peu les styles; ceux-ci nombreux, dressés, lég* roses à la base.

Jeunes carpelles velus.

51. **R. intractabilis** P. J. M. — Tige procomb., très obtusément angul. de la base au sommet, armée d'aig. très rapprochés, robustes, allongés, très inégaux, presque droits à la base de la tige, général* falciformes dès le

milieu, à base peu dilatée, garnie, en outre, de soies glandulif., de glandes inégales très abondantes et d'une villosité étalée, fournie.

Pétiole plan en dessus, armé d'aig. fortement courbés; stipules filiformes.

Feuilles grisâtres en dessous, munies sur les deux faces d'une villosité médiocrement fournie, incisées-dentées; dents grandes, ovales, un peu inégales, longuement acuminées; acumen étalé.

Fol. 5, ou 3, les latérales lobées, toutes très longuement acuminées; acumen falciforme; la terminale ovale, distinctement émarginée à la base; sinus aigu.

Rameau florif. robuste, raide, anguleux, très hérissé d'aig. dont les plus grands sont robustes, à base dilatée, puis fortement courbés ou même crochus, garni, en outre, de soies très inégales, de glandes abondantes et d'une villosité entrecroisée.

Fol. 3 - 4, parfois 5, ou les latérales lobées, grossièrement incisées-dentées, à dents grosses, inégales, acuminées, velues comme les caulin., grisâtres en dessous, nervation très saillante.

Inflorescence allongée, étroite, commençant à l'aisselle des 2 - 4 f. sup. ternées par des péd. étalés dressés, pluri-multiflores, munie ensuite de 1 - 4 fol. « souvent laciniées comme les f. du *Leonurus Cardiaca L.* » (Pierrat), libre enfin et composée de péd. très rapprochés, plus ou moins étalés, 1 - 2 flores, plus courts que les pédicelles, accompagnés de bractées linéaires en partie foliacées qui également ou même dépassent les fleurs.

Axe et péd. très hérissés d'aiguilles inégales, courbées sur l'axe, presque droites sur les péd., de plus garnis de soies, de glandes et pubescents.

Calice jaunâtre, tomenteux, glanduleux et fortement aciculé; à divisions longuement acuminées, étalées, puis redressées sur le fruit.

Pétales petits, très chiffonnés, onguiculés, obovés-oblongs, pubescents sur le dos, ciliés, blancs

Etamines courtes, égalant les styles qui sont verdâtres.

Capitule fructifère petit; carpelles peu nombreux, gros, creusés, à la base du style, très velus.

52. **R. aristicalyx** P. J. Müll. — Tige procomb., glauque, violacée au soleil, arrondie à la base, obtusément angul. vers le sommet, garnie d'aig. épars, assez petits, inégaux, droits, en partie falcif. supérieurement, peu dilatés à la base, de glandes violettes abondantes et d'une villosité courte, étalée et fournie.

Pétiole plan, muni d'aig. fortement courbés; stipules linéaires.

Feuilles petites, fermes, vertes, muni d'une villosité rude en dessus, veloutée en dessous, simplement dentées; dents médiocres, ovales, acuminées; acumen convergent.

Fol. ord^t 3; la terminale ovale-rhombée, brièvement émarginée à la base, assez longuement acuminée.

Rameau florif. arrondi, droit, velu, finement glanduleux, garni d'aig. petits, épars, déclinés ou lég^t falciformes.

Fol. 3, vertes, un peu jaunâtres en dessous, velues comme les caulin., un peu inégalement dentées; la terminale rhombée, aiguë, à peine émarginée à la base.

Inflorescence assez largement oblongue, commençant à l'aisselle des 1 - 2 f. sup. ternées par des pédonc. étalés-dressés, multiflores, les fl. supérieures en corymbe, garnie ensuite de folioles oblongues, qui se continuent plus ou moins réduites jusqu'au sommet, composée alors de péd. étalés, robustes, 2 - 3 flores, plus courts que les pédicelles; ces derniers accompagnés de longues bractées trifides.

Axe et pédonc. feutrés, très chargés de glandes pourpres, garnis d'aiguilles assez fournies, droites sur les péd.; courbées sur l'axe.

Bouton floral atténué aux deux extrémités, velu, glanduleux; divisions du calice très longuement acuminées, redressées sur le fruit.

Pétales blancs, médiocres, glabrescents, lancéolés, longuement acuminés, sommet chiffonné, incurvé.

Etamines blanches, courtes, dépassant toutefois les styles qui sont verdâtres.

Carpelles peu nombreux, glabrescents, creusés à la base du style.

53. **R. distractus** P. J. Müll. — Tige foliif. procomb., médiocre, obscurément anguleuse à la base, nettement dès le milieu, plane sur les faces, garnie d'une villosité courte, entrecroisée, de soies glandulif. et de glandes fines, inégales, rougeâtres, abondantes, armée d'aig. médiocres, nombreux, inégaux, droits, falcif. supérieurement.

Pétiole plan en dessus, armé de petits aig. lég¹ courbés; stipules linéaires.

Feuilles vertes, brièvement et peu velues sur les deux faces, simplement dentées; dents ovales ou arrondies, un peu inégales, mucronées.

Fol. 3, très rarement 4; la terminale obovée, subitement contractée, puis brièvement acuminée, un peu émarginée à la base.

Rameau florif. court, faible, velu, finement glanduleux, garni d'aig. fins, généralement falcif.

Fol. 3, vertes; la terminale obovée aiguë, fortement rétrécie-cunéiforme vers la base.

Inflorescence peu développée, courte, corymbiforme, commençant à l'aisselle des 1 - 2 f. sup. ternées, par des péd. allongés très étalés, munie ensuite d'un fol., libre enfin, mais s'élevant peu au dessus des f., composée de (4 - 6) péd. divariqués, 1 - 2 flores, plus longs que les pédicelles, accompagnés de bractées qui n'atteignent pas les fleurs.

Axe et pédonc. hérissés d'aiguilles inégales, droites, de soies et de glandes pourpres abondantes, velus feutrés.

Bouton floral petit, globuleux, grisâtre, finement glanduleux; divisions du calice finement acuminées, constamment réfléchies.

Pétales de moyenne grandeur, ovales-oblongs, ord^t aigus ou mucronés, blancs.

Etamines blanches, plus longues que les styles qui sont verdâtres, très légèrement rosés à la base.

Espèce peu fertile; capitule fructifère petit, globuleux; carpelles déprimés à la base du style, canaliculés sur le dos, glabres.

54. **R. mucronipetalus** P. J. Müll. — Tige fol. médiocre, arrondie, obtusément angul. vers le sommet, procomb., garnie d'aig. faibles, inégaux, dilatés à la base, déclinés, ceux du sommet falcif., de quelques soies, de glandes pourpres nombreuses et d'une villosité courte, peu fournie.

Pétiole divariqué, plan, garni d'aig. faibles, falcif.; stipules étroitement linéaires.

Feuilles vertes, brièvement et peu velues sur les deux faces doublement dentées; dents ovales, acuminées, convergentes.

Fol. habituel^t 3, parfois 4 - 5, allongées; la terminale obovée-rhombée, distinctement, mais peu profondément émarginée, longuement et finement acuminée.

Rameau florif. grèle, penché, obtusément anguleux, garni d'aig. faibles, déclinées, peu abondantes, de glandes brièvement pédicellées, et d'une villosité étalée très fournie.

Fol. 3, parfois 4 - 5, molles, vertes comme les caulin., mais un peu plus velues; la terminale rhomboïdale, à peu près entière à la base, aiguë.

Inflorescence lâchement pyramidale, un peu arquée, commençant à l'aisselle des 1 - 4 f. sup. par des péd. grèles, allongés, étalés-dressés, 1 - pluriflores, garnie ensuite de 1 - 3 fol. lancéolées, libre dans son tiers supérieur; pédonc. dès lors divariqués, longs, écartés, généralᵗ uniflores, accompagnés de bractées linéaires qui atteignent les fleurs.

Axe fléchi en zigzag à la hauteur des f. florales, garni ainsi que les pédonc. de quelques aiguilles, de glandes brièvement pédicellées, fines, abondantes, et d'une villosité courte, fournie.

Calice velu, garni de soies glandulif., à divisions longuement acuminées, réfléchies.

Pétales blancs, petits, ovales-oblongs, ou lancéolés, aigus ou mucronés, étalés, glabrescents.

Etamines courtes, égalant les styles qui sont verdâtres.

55. R. emersistylus P. J. M. — Tige fol. procomb., très obtusément angul., faces convexes, glabres, presque inerme, munie de quelques rares aig. très faibles, mais recouverte de soies et de glandes pédicellées, rougeâtres, abondantes.

Pétiole un peu canaliculé en dessus.

Feuilles vertes, munies de poils rudes assez fournis sur les deux faces, régulᵗ et simplement dentées; dents ovales, médiocres, mucronées.

Fol. ord. 3, 5 à la base de la tige quand elle est vigoureuse; la terminale largement ovale, presque orbiculaire, nettement cordiforme; médiocrement et finement acuminée.

Rameau florif. angul. , muni de quelques aiguilles fines, éparses, de soies glandulif. et de glandes abondantes très inégales ; quelques poils épars.

Fol. 3, vertes sur les 2 faces, simplement dentées ; la terminale orbiculaire, aiguë, médiocrement émarginée à la base.

Inflorescence appauvrie, commençant à l'aisselle des 2 f. sup. par des pédonc. étalés-dressés, pluri-multiflores, munie ensuite de 1-2 folioles, libre enfin, mais dépassant à peine les feuilles, et composée de péd. courts, rapprochés, peu nombreux, divariqués, accompagnés de bractées linéaires qui égalent ou même dépassent les fleurs.

Axe et péd. tomenteux, munis de quelques aiguilles et de glandes pourpres., abondantes.

Calice un peu aplati à la base, inerme, glanduleux; à divisions finement acuminées, étalées-réfléchies à l'anthèse.

Etamines peu nombreuses, égalant les styles au moment de l'anthèse, mais ensuite bientôt dépassées par ces derniers; styles nombreux, étalés roses au soleil, jaunâtres à l'ombre.

Pétales concaves redressés, obovés oblongs, assez long[t] onguiculés, glabres, blancs.

Espèce peu fructifère ; capitule petit, globuleux, déprimé; carpelles brièvement oblongs, arrondis au sommet, glabres.

56. **R. clinobotrys** P. J. Müll. — Tige forte, horizontale, arrondie à la base, obtusément angul. vers le sommet, couverte d'un mélange confus de soies , de glandes pourpres et de poils, très fourni à la base, s'éclaircissant au sommet, où on remarque des aig. faibles, espacés, à base allongée, général[t] falcif.

Pétiole plan, armé comme la tige ; stipules courtes, linéaires.

Feuilles vertes, plus velues en dessus qu'en dessous, en partie doublement dentées, surtout vers le sommet ; dents superficielles, triangulaires, acuminées, convergentes.

Fol. 3, rarement 4 - 5 ; la terminale ovale, brièvement oblongue ou lég^t obovée, nettement creusée à la base, brusquement et brièvement acuminée.

Rameau florif. sillonné, finement aciculé, très velu, glanduleux.

Fol. 3, vertes et velues comme les caulin. ; la terminale largement et brièvement obovée, lég^t émarginée à la base, incisée, doublement dentée au sommet.

Inflorescence arquée, pendante, commençant à l'aisselle des 2 - 6 f. sup. par des péd. courts, dressés, uniflores, munie ensuite de 1 - 3 petites folioles, libre enfin et terminée par une grappe serrée, plus ou moins allongée de fleurs brièvement pédonculées, égalées ou même dépassées par les bractées.

Axe et pédonc. garnis d'aiguilles nombreuses, de glandes pourpres très abondantes, et d'un feutre épais.

Calice très velu, glanduleux, visqueux, à divisions longuement et finement acuminées, étalées à l'anthèse, redressées sur le fruit.

Pétales blancs, petits, obovés-oblongs, dressés, glabrescents.

Styles d'un vert jaunâtre à l'anthèse, devenant ensuite roses, dépassant presque de moitié les étamines.

Carpelles rares, oblongs, pubescents.

57. R. stellatiflorus P. J. M. — Tige fol. procomb., cylindrique, garnie d'aiguilles fines très nombreuses, de glandes pédic., pourpres, et de quelques longs poils rares.

Pétiole plan ; stipules longuement soudées, filiformes.

Feuilles vertes et médiocrement velues sur les deux faces, simplement dentées ; dents courtes, arrondies, mucronées, étalées, peu inégales.

Fol. 3, très rarement 4 - 5 ; la terminale largement ovale, médiocrement acuminée, peu profondément émarginée ; les latérales ovales-ventrues, fréq⁺ lobées.

Rameau florifère anguleux, garni d'aiguilles fines, éparses, de glandes très inégal⁺ pédicellées, nombreuses, pourpres et de poils aranéeux.

Fol. 3, minces, vertes et velues comme les caulin., doublement dentées, incisées au sommet ; la terminale obovée-oblongue, à peine émarginée, aiguë ; les latérales souvent lobées.

Inflorescence lâche, pyramidale, commençant à l'aisselle des 2 - 5 f. sup. par des pédonc. grêles, étalés, 1 - multiflores, rarement munie ensuite d'une foliole, libre dans le quart supérieur, et composée de péd. grêles, divariqués, 1 - 4 flores ; pédicelles plus longs que les pédonc. dirigés en tous sens. A la base des pédonc. axillaires principaux, il s'en développe souvent un second, uniflore.

Axe fléchi en zigzag à chaque feuille et arqué au sommet, garni d'aiguilles très fines, et de glandes très abondantes, fines, pubescent.

Bouton floral petit. Calice tomenteux, très glanduleux, à divisions longuement et finement acuminées, réfléchies à l'anthèse, redressées sur le fruit.

Pétales médiocres, lancéolés, aigus, plans, étalés, glabrescents, blancs.

Etamines à filets verdâtres, égalant presque les styles qui sont d'un très beau rouge au soleil.

Capitule fructifère, petit, globuleux ; carpelles brunissant longtemps avant la maturité.

58. **R. inflexatus** P. J. Müll. — Tige vigoureuse, cylindrique, presque horizontale, garnie d'aiguilles faibles, déclinées, peu distinctes au milieu de soies et de glandes pourpres, inégal' pédicellées, très abondantes; villosité entrecroisée, médiocrement fournie.

Pétiole plan, aciculé; stipules filiformes.

Feuilles grandes, vertes et peu velues sur les deux faces simplement dentées; dents courtes, arrondies, mucronées, étalées, lég' inégales.

Fol. 3, les latérales lobées, 5 au milieu des tiges vigoureuses; la terminale largement ovale, cordiforme, médiocrement acuminée.

Rameau florif. arrondi, garni d'aiguilles faibles, assez nombreuses, de glandes fines, d'une villosité courte, fournie, aranéeuse.

Fol. 3, plus velues en dessus qu'en dessous; la terminale largement et peu distinctement obovée, presque orbiculaire, doublement dentée, incisée au sommet, peu émarginée à la base.

Inflorescence médiocre, brièvement oblongue, serrée, arquée, commençant à l'aisselle des 1 - 3 f. sup. par deux pédonc., dont l'un uniflore, à chaque aisselle, garnie ensuite, parfois jusqu'au sommet, de folioles ovales ou lancéolées, composée de pédonc. courts, épais, dressés et rapprochés, 1 - 3 flores.

Axe et pédonc. finement aciculés, glanduleux, feutrés; l'axe est fortement fléchi en zigzag aux feuilles supér.

Calice feutré, glanduleux, très aciculé, à divisions longuement et finement acuminées, redressées sur le fruit.

Pétales blancs, assez grands, ovales-oblongs, étalés-dressés, pubescents sur le dos.

Etamines blanches, égalant les styles qui sont jaunâtres.

Carpelles coniques, un peu sillonnés sur le dos, glabres ou munis de quelques poils.

59. R. rostellatus P. J. Müll. — Tige horizontale, obtusément angul., garni d'aig. faibles, non vulnérants, les infér. sétacés, les supér. à base plus allongée et général‌‌‌ falciformes, couverte de glandes jaunâtres, abondantes, inégales, et d'une villosité assez fournie.

Pétiole concave en dessus; stipules filiformes.

Feuilles vertes et peu velues sur les deux faces, doublement dentées; dents ovales-triangul., longuement mucronées, étalées, inégales.

Fol. 3, rarement 4 - 5; la terminale ovale-rhombée, lég‌‌‌ émarginée, assez brusquement et long‌‌‌ acuminée.

Rameau florif. anguleux, grêle, fléchi en zigzag, finement aciculé, glanduleux, velu.

Fol. 3, finement denticulées dans les f. supérieures; la terminale elliptique, entière à la base, subitement et finement acuminée.

Inflorescence lâche, courbée au sommet, commençant à l'aisselle des 2 - 5 f. sup. par des péd. simples, grêles, étalés, 1 - 3 flores, garnie ensuite de 1 - 4 folioles, libre enfin, mais dépassant peu les feuilles, composée de péd. étalés-dressés, plus courts que les pédicelles, 3 flores.

Axe et péd. plus ou moins aciculés, très glandul., velus.

Bouton floral petit, globuleux, finement aciculé, glanduleux; divisions du calice longuement et finement acuminées, d'abord étalées, puis redressées sur le fruit.

Pétales blancs, petits, oblongs, souvent échancrés au sommet, dressés, glabrescents.

Etamines blanches égalant les styles qui sont verdâtres.

Capitule fructifère petit; carpelles glabrescents, non déprimés au sommet.

60. R. mitigatus P. J. Müll. — Tige fol. presque couchée, obtusément angul., faces planes, garnie d'une villosité étalée, fournie, de glandes fines, abondantes, inégales, et d'aiguilles éparses, inégales, non vulnérantes, peu nombreuses.

Pétiole plan, garni d'aig. droites.

Feuilles vertes et peu velues, simplement dentées; dents petites, triangul., finement acuminées.

Fol. 3 à la base de la tige, normalement 5 pour le reste, toutes placées sur un même plan; la terminale brièvement et largement obovée, presque orbiculaire, distinctement quoique peu profondément émarginée, subitement et médiocrement acuminée.

Rameau florif. obtusément angul., un peu fléchi en zigzag à chaque feuille, mollement feutré, garni de glandes fines, nombreuses et de quelques aiguilles molles.

Fol. 3, vertes, un peu plus velues que les caulin., finement denticulées; la terminale obovée-rhombée, à peine émarginée, aiguë ou brièvement acuminée.

Inflorescence d'un vert jaunâtre, courbée, penchée dans les maigres échant., se redressant dans les plus vigoureux, commençant à l'aisselle des 1-2 f. sup. par des péd. médiocres, très étalés, ord¹ pauciflores, munie ensuite d'une foliole, libre enfin dans sa moitié supérieure, oblongue, composée de péd. très étalés, ascendants toutefois, fréq¹ 1-flores, parfois 2-3 flores, et dans ce cas beaucoup plus courts que les pédicelles, accompagnés de bractées qui n'atteignent pas les fleurs.

Divisions du calice finement acum., redress. sur le fruit.

Pétales assez petits, oblongs, brièvement onguiculés, glabrescents, blancs, jaunâtres à l'onglet.

Styles verdâtres, un peu plus longs que les étamines.

Capitule fructif. ovale; carpelles glabres, sillonnés.

Séminaire de Saint-Dié (Vosges). *Janvier* 1867.
N. BOULAY.

Saint-Dié, Typ. et Lithog. de Ed. Trotot.

DESCRIPTION DES ESPÈCES

D'APRÈS

DES NOTES PRISES SUR LE FRAIS,

61. **Rubus spicifolius** N. Boul. — Cette espèce diffère du *R. fastigiatus* par sa tige fol. à faces planes. Les aiguillons des pétioles sont plus fortement crochus. La foliole terminale est plus brièv' ovale, beaucoup plus brièv' acuminée.

Inflorescence en grappe simple allongée; les pédonc. étalés et souvent allongés sont généralement accompagnés jusqu'au sommet de grandes folioles bractéales ovales-lancéolées. Pétales roses.

Étamines plus courtes que les styles. Capitule fructifère petit, globuleux; carpelles déprimés au sommet, glabres, devenant rouges longtemps avant la maturité.

Le *R. spicifolius* diffère du *R. rosulentus Müll.* par son inflorescence en grappe allongée étroite, par les aiguillons des rameaux florif. plus crochus et surtout par les styles plus longs que les étamines.

21. *bis.* **R. integribasis** Müll. var. *oblongifolius.* — La fol. terminale des f. caul. est général' oblongue, très lég' émarginée à la base. Les styles sont verdâtres; tandis que dans le type, la fol. terminale se rapproche davantage de la forme orbiculaire, elle est aussi plus nettement entière à la base; les styles sont rosés.

62. **R. griseicalyx** N. Boul. — Espèce voisine d
R. hemistemon. Elle s'en distingue tout d'abord par
glandes pédicellées beaucoup plus nombreuses et par l
étamines plus longues que les styles.

Tige canaliculée vers le sommet, à faces convexes à
base, garnie de poils épars; quelques glandes pédicellé
très-rares; aig. nombreux, petits, inégaux; ceux
l'extrémité seuls falciformes.

Pétiole velu et glanduleux, creusé en dessus.

Feuilles glabrescentes, simplement et superficielleme
dentées; dents un peu inégales. 5 fol.; la terminale la
oblongue, parfois un peu obovée, à peine émarginée à
base, subitement et médiocrement acuminée.

Rameau florif. médiocre, pubescent, muni d'aig. géné
ral' droits; feuilles à 3 fol. dont la terminale obovée, bri
acuminée.

Inflorescence étroite allongée, tronquée au somm
dans les éch. vigoureux, courte corymbiforme dans
éch. plus maigres, dépassant à peine les feuilles; pédon
courts, les supérieurs simples, agglomérés, accompagn
de bractées lancéolées foliacées qui dépassent les fleur

Axe et pédonc. pubescents, garnis de glandes sessi
et de glandes pédicellées éparses, d'aig. nombreux, peti
inégaux, rarement courbés.

Bouton floral subglobuleux, lég' déprimé, à peine c
ronné par les sépales; ceux-ci gris tomenteux sur le d
bordés de blanc, garnis de quelques soies courtes
de glandes pédicellées.

Pétales médiocres obovés-oblongs, long' rétréc
onguiculés, arrondis ciliés au sommet, d'un rose cla
presque lisses.

Capitule fructifère ovale subglobuleux; carpelles arr
dis, lisses, glabres. Divisions du calice réfléchies.

63. R. linguiferus P. J. Müll. — Tige nettement anguleuse, couverte d'une villosité étalée, armée d'aig. assez forts, droits, nombreux, munie de glandes sessiles abondantes et de glandes pédicellées rares.

Pétiole plan en dessus, armé d'aig. dont les latéraux sont droits et les postérieurs falciformes.

Feuilles vertes, brièv‍ᵗ velues, veloutées jaunâtres en dessous, régul. et simplement dentées; dents médiocres, arrondies, mucronées.

3 fol. à la base et au sommet, fréqᵗ 4, je n'en ai pas vu 5, au milieu de la tige; la terminale largᵗ oblongue elliptique, ou légᵗ obovée, à peine émarginée à la base, brièvᵗ et finement acuminée.

Rameau florif. anguleux, velu, armé d'aig. fins, déclinés; quelques glandes fines.

Feuilles vertes, mollement veloutées en dessous, régulᵗ dentées; dents petites, acuminées; fol. terminale obovée-oblongue, entière, mucronée.

Inflorescence obovée-oblongue, étroite, médiocre, commençant à l'aisselle des 1-3 f. supérieures par des pédonc. étalés-dressés, 3-pluriflores, munie ensuite de 1-2 fol. ovales, libre enfin, mais dépassant à peine les f., composée alors de péd. divariqués, triflores plus longs que les pédicelles. Axe et pédonc. armés d'aig. fins, nombreux, droits ou faiblement courbés, munis de quelques glandes pédicellées sur un fond pubescent.

Les bractées trifides n'atteignent pas les fleurs.

Bouton floral aplati, blanc-tomenteux, inerme, muni de glandes fines; div. du calice réfléchies, brièvᵗ acuminées.

Pétales blancs, médiocres, ovales-oblongs, onguiculés, rétrécis vers le sommet, pubescents sur le dos.

Etamines blanches plus longues que les styles qui sont verdâtres.

Capitule fructifère ovale obtus; carpelles gros, arrondis, non déprimés, glabres; avant la maturité, ils sont
canaliculés sur le dos.

9. *bis.* **R. umbraticus** Müll. var. *flaccidus.* —
Cette forme diffère du type par le développement de toutes
les parties; par ses feuilles d'un vert plus foncé en dessus,
plus minces et moins veloutées en dessous; par son inflorescence plus riche, à rameaux plus allongés, divariqués;
par ses pétales grands d'un beau rose clair. Etamines
blanches ou à peine rosées, très-nombreuses, beaucoup
plus longues que les styles qui sont verdâtres. Carpelles
arrondis glabres.

64. **R. gratiflorus** P. J. Müll. — Tige nettement
angul., à faces planes, munie de quelques poils épars,
armée d'aig. médiocres, à base peu dilatée, droits, lég[t]
déclinés, nombreux.

Pétiole lég[t] creusé à la base en dessus, armé d'aig.
courbés.

Feuilles minces, vertes, glabrescentes en dessus, munies
en dessous d'une villosité rare et très-courte; dents simples, superficielles, arrondies, brièv[t] mucronées.

Fol. 3-4, rarement 5; la terminale ovale-oblongue, lég[t]
émarginée à la base, brièv[t] acuminée.

Rameau florif. arrondi, pubescent, armé d'aig. petits,
déclinés ou falciformes. Fol. 3, la terminale rhomboïdale,
brièv[t] acuminée, à peine émarginée à la base. Les f.
supérieures deviennent grisâtres en dessous.

Inflorescence étroite, allongée, commençant à l'aisselle
des 2 f. supér. ternées, par des pédonc. étalés-dressés,
pluriflores, munie ensuite de 1-2 folioles ovales, libre
enfin et dépassant les f. de sa moitié ou de son tiers supé-

rieur, composée alors de péd. très-étalés, courts, 1-2 flores; les bractées linéaires atteignent les fleurs.

Axe et péd. armés d'aig. nombreux, peu courbés, garnis de glandes sessiles pâles et de quelques autres brièv[t] pédicellées.

Bouton floral arrondi, aciculé, très-finement glanduleux; divisions du calice acuminées, étalées pendant l'anthèse, à la fin réfléchies.

Pétales obovés-oblongs, rétrécis aux deux extrémités, mais plus long[t] vers la base, médiocres, d'un beau rose clair.

Etamines d'un beau rose, plus longues que les styles; ces derniers verts-jaunâtres.

65. **R. collinus** D. C. — Tige vigoureuse, arquée-procombante, canaliculée sur les faces, complètement dépourvue de glandes, garnie de poils épars, courts et d'aig. robustes, nombreux, à base très-dilatée velue, lég[t] falciformes. Stipules linéaires.

Pétiole canaliculé en dessus, garni de petits aig. crochus, à base épaissie.

Feuilles épaisses, velues tomenteuses grisâtres en dessus, blanches-tomenteuses et finement velues en dessous, doublement dentées, dents ovales aiguës, médiocres; la pointe est courbée en dessous, ce qui fait paraître la dent obtuse.

Fol. 5; la terminale brièv[t] et obtusément rhomboïdale, très lég[t] émarginée à la base, aiguë ou brièv[t] acuminée.

Rameau florif. robuste, canaliculé, velu, armé d'aig. épars, à base fortement dilatée, puis brièv[t] crochus.

Feuilles velues et dentées comme les caulinaires, les supérieures seules ont 3 folioles entières, dans les autres, les fol. latérales sont profondément bilobées, sans qu'on trouve 5 folioles libres.

Inflorescence parfois très-riche, briev^t pyramidale, commençant à l'aisselle des 3-5 f. supérieures par des pédonc. qui, dans les grands éch. supportent des inflorescences particlles, munie ensuite d'une foliole ovale, libre enfin dans sa moitié supérieure et dès lors très fournie, composée de péd. très-étalés, plus longs que les bractées trifides, plusieurs fois ramifiés, plus longs que les pédicelles. Les plus maigres éch. ont au moins des péd. triflores.

Axe et pédonc. veloutés, munis d'aig. crochus, petits, peu nombreux.

Bouton floral globuleux, blanc tomenteux, dépourvu de glandes.

Divisions du calice ovales-concaves, briev^t mucronées, réfléchies.

Pétales médiocres, briev^t ovales, arrondis au sommet, briev^t onguiculés, chiffonnés, ciliés sur le contour, lég^t rosés à l'anthèse, à la fin blancs.

Etamines blanches, plus longues que les styles; ceux-ci d'un vert pâle; jeunes carpelles pubescents.

66. **R. conspicuus** Müll. — Cette espèce se distingue du *R. leucanthemos* Müll. surtout par ses pétales orbiculaires, briev^t onguiculés, chiffonnés, d'un beau rose foncé. Les étamines roses à la base, très nombreuses, sont beaucoup plus longues que les styles; ceux-ci sont également rosés à la base.

L'axe et les pédonc. finement tomenteux sont beaucoup moins velus, les f. plus général^t doublement dentées vers le sommet, dans le *R. conspicuus* que dans le *R. leucanthemos*; mais ces caractères paraissent moins importants.

Les auteurs des *Rubi germanici*, p. 81-83, t. XXXIII, ont confondu sous le nom de *R. vestitus*, les *R. conspicuus* et *leucanthemos*, reconnus par M. Müller. Ils attribuent à leur plante des pétales roses ou blancs. La forme à fleur blanche croîtrait, selon Weihe et Nées, sur les terrains calcaires, et la forme à fl. rose, sur les sols argileux. Nous avons vu, au contraire, le *R. leucanthemos* se maintenir identique sur le granite des Hautes-Vosges, à 5-600^m d'alt., sur le grès vosgien, comme à Saint-Dié, sur le grès bigarré argileux et le muschelkak, dans les environs de Rambervillers, c'est la forme à fl. blanches. D'autres espèces encore sont comprises sous le type de *R. vestitus* W. et N.

67. R. polyacanthos N. Boul. — Tige vigoureuse, obtusément angul., armée d'aig. robustes, droits, à base dilatée, inégaux, nombreux souvent groupés, garnie de soies courtes glandulif. et d'une villosité rude fournie.

Pétiole plan en dessus, garni d'aig. dont les latéraux sont droits, et les postérieurs courbés.

Feuilles d'un vert foncé, glabrescentes en dessus, grisâtres et mollement velues en dessous, simplement dentées; dents inégales, triangulaires, acuminées, assez grandes.

Fol. 3, parfois 5 au milieu de la tige, épaisses; la terminale suborbiculaire ou rhombée, à peine émarginée à la base, brièv^t acuminée.

Rameau florif. droit, obtus^t anguleux, armé d'aig. nombreux, robustes, inégaux, déclinés ou lég^t falciformes, garni de soies glandulif. et de poils rudes fournis.

Feuilles petites, les infér. et moyennes vertes sur les deux faces, les supérieures grisâtres ou blanchâtres, tomenteuses en dessous; 3 fol., la terminale brièv^t rhombée, entière à la base, aiguë au sommet.

Inflorescence dressée, étroitement oblongue, libre dans les 2|3, supérieurs; pédonc. courts divariqués, 3-flores, accompagnés de bractées trifides qui n'atteignent pas les fleurs; pédicelles plus courts que les pédonc.

Axe et pédonc. hérissés de longues aiguilles droites, nombreuses, de soies glandulif., de glandes. pédicellées fournies et d'une villosité rude épaisse.

Calice feutré tomenteux, briév' aciculé et glanduleux; divisions briév' acuminées, réfléchies.

Pétales très-faiblement rosés, obovés, onguiculés, peu ouverts, très-chiffonnés, velus et ciliés.

Etamines blanches plus longues que les styles qui sont rouges.

Carpelles peu nombreux, coniques, glabres.

68. R. collivagus N. Boul. — Tige arrondie à la base, nettement angul. dès le milieu, armée d'aig. vulnérants, inégaux, à base dilatée, droits ou lég' courbés, nombreux, garnie de glandes pédicellées rares et d'une villosité courte fournie.

Pétiole plan en dessus, garni d'aig. tous fortement courbés.

Feuilles petites, munies de poils rudes en dessus, d'un vert grisâtre et veloutées en dessous; dents général' simples, inégales, ovales mucronées.

Fol. 3-4, parfois 5 au milieu de la tige; la terminale ovale ou briév' obovée, à peine émarginée à la base, briév' acuminée.

Rameau florif. dressé, obtus' anguleux, garni d'aig. très-nombreux, à base dilatée, inégaux et général' falciformes, de glandes pédicellées éparses et d'une villosité feutrée.

Fol. 3, vertes et veloutées en dessous, inégal[t] dentées; la terminale briev[t] obovée, entière à la base, aiguë au sommet.

Inflorescence pyramidale oblongue, dense, commençant à l'aisselle des 1-2 f. supér. ternées, par des pédonc. étalés multiflores, garnie ensuite d'une foliole ovale, libre dans les 2|3 supérieurs, composée de pédonc. plus courts que les pédicelles, accompagnés de bractées linéaires qui n'atteignent pas les fleurs.

Axe droit, hérissé ainsi que les pédonc. d'aig. inégaux, très nombreux, falciformes, de glandes fines, et d'une villosité feutrée, abondante.

Calice hérissé de soies, de glandes fines et d'une villosité rude; divisions étalées, ovales, briev[t] acuminées.

Pétales blancs, faiblement rosés à l'anthèse, ovales, arrondis, chiffonnés, velus.

Etamines et styles verdâtres; ceux-ci un peu plus courts.

Capitule fructif. petit, globuleux; carpelles glabres, fortement déprimés au sommet à la maturité.

69. **R. subcylindricus** N. Boul. — Cette espèce se distingue du *R. polyacanthos* par sa tige presque cylindrique, armée d'aig. dont la base est moins dilatée.

Les feuilles sont vertes sur les deux faces, non grisâtres en dessous, différemment dentées; les dents sont ici moins profondes, général[t] arrondies. La fol. terminale est moins larg[t] rhombée, de forme plus ovale, plus long[t] acuminée.

Le rameau florif. est moins raide, plus flexueux.

Les f. sont vertes en dessous, et non grisâtres, plus nettement acuminées.

L'inflorescence est lâchement pyramidale, d'un aspect tout particulier; la forme des bractées diffère également.

Les divisions du calice sont plus long' acuminées.

Les pétales sont larg' ovales, plus brièv' et plus larg' onguiculés.

Les styles sont verdâtres.

70. R. micradenes N. Boul. — Tige un peu excavée sur les faces, glabrescente, mais garnie de glandes pédic. éparses, les plus grandes sétacées, armée d'aig. nombreux, rapprochés, à base peu dilatée, robustes, un peu inégaux, déclinés, droits.

Pétiole lég' creusé en dessus à la base, armé d'aig. tous falciformes.

Feuilles vertes et peu velues en dessus, souvent grisâtres-tomenteuses en dessous, épaisses et irrégul' denticulées; dents simples ou doubles, anguleuses, mucronées, conniventes ou divergentes.

5 fol. au milieu de la tige, 3-4 à la base et au sommet; la terminale larg' et obtusément rhombée, entière ou très lég' émarginée à la base, brièv' acuminée.

Rameau florif. obtusément anguleux, lég' pubescent, garni de glandes péd. fines, quelques-unes raides et courtes; aig. épars falcif. très-inégaux, quelques-uns robustes.

3 fol. vertes; la terminale brièv' rhombée, entière à la base, aiguë au sommet; les f. supér. sont un peu grisâtres en dessous.

Inflorescence oblongue assez étroite, tronquée ou arrondie au sommet, commençant à l'aisselle des 1-3 f. supér. par des pédonc. étalés, 3 pluriflores, munie ensuite d'une foliole ovale, libre enfin dans sa moitié supérieure, composée alors de pédonc. rapprochés, très-étalés, assez courts, 3-flores, pédicelles courts ; les bractées foliacées égalent les fleurs ou parfois les dépassent.

Bouton floral globuleux, grisâtre, finement glanduleux, inerme ; divisions du calice ovales, brièv' acuminées, réfléchies.

Pétales blancs, étalés, assez grands, obovés onguiculés.

Etamines blanches, nombreuses, beaucoup plus longues que les styles ; ceux-ci verdâtres.

Espèce fertile ; carpelles nombreux, glabres, un peu déprimés à la base du style.

71. **R. monticolus** N. Boul. — Cette espèce voisine du *R. corymbosus* Müll. en diffère par sa tige cylindrique à la base, très-obtusément angul. même au sommet, garnie d'aig. à base moins dilatée. Le pétiole est plan en dessus.

Les feuilles sont vertes en dessous ; la fol. terminale est entière à la base, subitement et brièv' acuminée.

Le rameau florif. est arrondi, garni de f. vertes en dessous ; la foliole terminale est entière à la base.

Inflorescence courte, corymbiforme, arrondie, libre et élevée au-dessus des f. dans son tiers supérieur, composée de pédonc. dont les inférieurs allongés sont ascendants et plus longs que les pédicelles ; ils sont accompagnés de bractées courtes.

Axe et pédonc. garnis de longues aiguilles droites, éparses.

Pétales médiocres, faiblement rosés, obovés-oblongs, long' onguiculés, velus sur les deux faces, ciliés.

Etamines dépassant long' les styles qui sont rosés.

Capitule fructifère globuleux ; carpelles arrondis, déprimés au sommet.

72. **R. rectispinus** N. Boul. — Cette espèce se distingue du *R. uncatispinus* Müll. par sa tige glabrescente, garnie de glandes et de soies moins nombreuses, armée d'aig. déclinés droits et non général' falciformes. Les aig. du pétiole sont aussi moins courbés.

Les f. sont régul' et finement dentées; dents petites, ovales, acuminées.

Fol. 3-4, rarement 5 au milieu de la tige ; la terminale larg' ovale, un peu elliptique, nettement cordiforme à la base, brièv' et finement acuminée.

Rameau florif. moins velu, garni de grands aig. déclinés, nullement ou à peine courbés.

Inflorescence moins interrompue, plus long' libre et élevée au-dessus des feuilles, armée d'aig. moins courbés.

Les divisions du calice se redressent sur le fruit.

Pétales semblables dans les deux espèces.

Ici les filets des étamines sont roses; les styles un peu plus longs que les étamines, nombreux, étalés, divergents, sont rosés à la base, jaunâtres au sommet.

73. **R. microstachys** N. Boul. — Tige presque couchée, angul., plane ou lég' convexe sur les faces, garnie de poils étalés, de glandes très-inégal' pédicellées, pourpres, de soies pourpres et d'aig. fragiles, droites, assez nombreuses.

Pétiole très-lég' sillonné en dessus, garni d'aiguilles presque toutes droites.

Feuilles vertes sur les deux faces, brièv' veloutées en dessous; dents simples, un peu inégales, superficielles, long' mucronées, incombantes.

Fol. 5; la terminale orbicul. dans les f. inférieures, brièv' obovée dans les moyennes, obovée-oblongue dans les supérieures, arrondie et à peu près entière à la base, médiocrement, mais assez finement acuminée.

Rameau florif. garni de glandes fines abondantes, d'aiguilles éparses, fragiles; 3 fol vertes et velues comme les caulin., plus grossièrement dentées; la terminale orbiculaire, émarginée à la base, arrondie ou briev' acuminée.

Inflorescence pauvre, commençant à l'aisselle des 1-2 f. supérieures, munie ensuite d'une foliole ovale, libre ensuite, mais peu élevée au-dessus des feuilles, composée alors de pédouc. (6-8) étalés, général' simples, courts, accompagnés de bractées peu développées.

Axe lég' penché, garni ainsi que les pédonc. de glandes pourpres fines très-abondantes, et de quelques rares aiguilles.

Bouton floral conique, aplati à la base, inerme, finement glanduleux; divisions du calice ovales, médiocrement acuminées, réfléchies.

Pétales oblongs médiocres, chiffonnés, pubescents, d'un rose pâle.

Etamines blanches plus courtes que les styles qui sont verdâtres.

74. R. hirsuticalyx N. Boul. — Tige obtusément angul. de la base à l'extrémité, armée de petits aig. droits, faiblement déclinés, à base peu dilatée, inégaux, garnie de quelques soies glandulif., rares et d'une villosité rude étalée.

Pétiole plan en dessus, muni d'aig. presque tous droits.

Feuilles vertes et munies d'une villosité rude, un peu jaunâtres et plus velues en dessous, simplement dentées; dents inégales, ovales, acuminées.

5 fol., mais les externes sont en partie soudées; la ter-

minale larg¹ ovale, arrondie, puis nettement cordiforme à la base, brièv¹ acuminée.

Rameau florif. anguleux, muni de petits aig. déclinés, inégaux, de glandes pédicellées fines, assez nombreuses et d'une villosité étalée, rude.

3 fol. semblables aux caulinaires; la terminale moins larg¹ ovale.

Inflorescence d'un riche développement pyramidal, commençant à l'aisselle des 3 f. sup. ternées, munie ensuite de 2-3 fol. ovales, libre enfin dans sa moitié supérieure, composée alors de péd. très-étalés, plus longs que les pédicelles, accompagnés de bractées linéaires qui n'atteignent pas les fleurs.

Axe et pédonc. armés de petits aig. droits ou lég¹ falciformes, assez nombreux, de glandes pédicellées fines, nombreuses, garnies d'une villosité rude et fournie.

Bouton floral gros, un peu aplati à la base, finement aciculé, glanduleux, très velu, hérissé; divisions du calice médiocrement acuminées, réfléchies pendant l'anthèse.

Pétales grands, oblongs, lég¹ obovés, onguiculés, blancs.

Etamines nombreuses, blanches, beaucoup plus longues que les styles; ceux-ci jaunâtres, lég¹ rosés à la base.

75. **R. eurypetalus** N. Boul. — Cette espèce diffère du *R. vestiferus* Müll. par les caractères suivants:

Tige procombante, obtusément angul., garnie de glandes péd. inégales et de soies glandulif. plus nombreuses.

Stipules linéaires insérées très-haut sur le pétiole.

Feuilles vertes et moins veloutées en dessous, plus inégal¹ et en partie doublement dentées; dents long¹ acuminées, les principales triangulaires, saillantes, souvent divergentes.

Rameau florif. arrondi. F. vertes, rudes, moins velues en dessous.

Fol. terminale rhombée, rétrécie et entière à la base.

Inflorescence arrondie, très-réduite vu le développement de la plante, dépassant peu les feuilles, composée de 4-8 pédonc. divariqués, espacés 1-3 flores, plus longs que les pédicelles, accompagnés de bractées dont les infér. en partie foliacées atteignent les fleurs.

Axe et péd. moins feutrés, garnis de glandes pourpres, abondantes.

Pétales grands. larg[t] ovales, presque orbiculaires, briev[t] onguiculés, étalés, chiffonnés, blancs.

Etamines blanches, étalées, plus longues que les styles; ceux-ci verdâtres, rapprochés.

Plante fertile. Capitule fructifère gros, globuleux; carpelles très-gonflés, arrondis, fortement déprimés et canaliculés avant la maturité, à la fin lisses.

76. **R. varians** N. Boul. — Tige vigoureuse, élevée, angul., à faces planes, munie d'une villosité entrecroisée, fournie, de glandes sessiles jaunes, abondantes, de quelques autres pédicellées rares, armée d'aig. nombreux, inégaux, à base conique, droits, tubulés.

Pétiole lég[t] creusé en dessus, garni d'aig. dont les latéraux sont droits, et les postérieurs lég[t] courbés.

Feuilles vertes, munies de poils rudes et assez fournis sur les deux faces, irrégul[t] dentées, ondulées parfois comme incisées; dents simples ou doubles, grandes ovales ou superficielles arrondies. Nombre des folioles variable, général[t] 5 en pleine tige, mais diversement lobées; la terminale larg[t] ovale, émarginée à la base, rétrécie au sommet, puis finement acuminée; parfois les f. infér. sont pinnées comme dans le *R. idœus*.

Rameau florif. dressé, vigoureux, anguleux, velouté, finement glanduleux, garni d'aig. nombreux, droits, tubulés.

3 fol. vertes et velues comme les caulin.; la terminale ovale-rhombée, lég[t] émarginée à la base, aiguë ou brièv[t] acuminée.

Inflorescence riche, oblongue, atténuée au sommet, commençant à l'aisselle des 1-4 f. sup. ternées, munie ensuite d'une foliole ovale, libre enfin dans son tiers supérieur, composée alors de pédonc. rapprochés, divariqués, très-courts, divisés presque aussitôt en 2-3 pédicelles, qui eux-mêmes se ramifient dans les éch. vigoureux; les bractées atteignent et fréq[t] dépassent les fleurs.

Axe un peu flexueux, garni ainsi que les pédonc. de glandes pourpres fournies et d'aiguilles inégales, en partie allongées.

Bouton floral brièv[t] conique, déprimé à la base, finement glanduleux, aciculé; divisions du calice finement acuminées, étalées pendant l'anthèse, ensuite redressées.

Pétales assez grands ovales-oblongs, larg[t] onguiculés, un peu chiffonnés, dressés, blancs, verdâtres à l'onglet, velus.

Etamines blanches égalant les styles ou plus courts; styles nombreux, étalés, divergents, d'un rouge-jaunâtre.

Cette espèce fructifie mal; capitule fructif. médiocre, petit, globuleux; carpelles ovales, pubescents jusqu'à la fin; avant la maturité, ils sont un peu déprimés à la base du style, mais cette dépression finit par disparaître.

77. R. longithyrsus Müll. — Tige vigoureuse, angul., plane sur les faces, armée de petits aig. coniques, droits, inégaux, garnie de glandes nombreuses, en partie sétacées et d'une villosité étalée, fournie.

Pétiole un peu creusé en dessus à la base, garni de petits aig. dont les latéraux sont droits, et les postér. falciformes.

Feuilles épaisses, vertes et glabrescentes en dessus, brièv[t] velues sur un fond gris-tomenteux en dessous, superficiellement denticulées; dents un peu inégales, ovales, arrondies, souvent réduites à un mucron.

5 fol. au milieu de la tige long[t] pétiolulées; la terminale larg[t] obovée, lég[t] émarginée à la base, brièv[t] acuminée.

Rameau florif. allongé, dressé, velu, finement glanduleux, muni de petites aiguilles un peu déclinées, inégales. 3 folioles revêtues comme les caulin.; la terminale nettement obovée, rétrécie et entière à la base, aiguë.

Inflorescence d'un très beau développement pyramidal allongé, commençant à l'aisselle des 3-5 f. sup. ternées, par des pédonc. étalés allongés pluriflores, munie ensuite de folioles ovales nombreuses 6-10, se réduisant au sommet à des bractées linéaires foliacées qui atteignent les fleurs.

Pédonc. pluri-tri et à la fin uniflores, garnis ainsi que l'axe d'aig. assez fines, lég[t] déclinées, droites, espacées, de glandes pourpres, médiocrement fournies et d'une villosité étalée.

Bouton floral subglobuleux, gris-tomenteux, velu, finement glanduleux, à peine aciculé à la base; divisions du calice ovales, acuminées, incomplètement réfléchies, mais non redressées sur le fruit.

Pétales assez petits, obovés, arrondis au sommet, brièv[t] onguiculés, très chiffonnés, pubescents, blancs.

Étamines blanches égalant ou dépassant un peu les styles; ceux-ci rosés à la base.

Capitule fructif., petit, glabulux, déprimé; carpelles peu nombreux (4-8) ovales, gros, conservant quelques poils. Maturation très-tardive.

78. **R. præruptorum** N. Boul. — Espèce voisine du

R. horridicaulis Müll.; elle en diffère par les caractères suivants :

Tige plus arrondie, garnie d'aig. moins robustes et moins dilatés à la base.

Pétiole muni d'aig. plus crochus.

Feuilles vertes veloutées, non grisâtres-tomenteuses en dessous, doublement dentées; dents plus grandes, ovales, acuminées.

Foliole terminale ovale-rhombée, plus étroite, plus long' acuminée.

Rameau florif. hérissé d'aig. beaucoup plus petits; feuilles raméales vertes en dessous; la foliole terminale rhombée.

Inflorescence courbée au sommet, plus long' dégarnie de folioles bractéales, moins fortement hérissée.

Divisions du calice beaucoup moins long' acuminées.

Pétales médiocres, blancs, oblongs, brièv' onguiculés; velus sur le dos.

Etamines blanches dépassant les styles qui sont d'un beau rosé à la base. Les jeunes carpelles sont glabres, tandis qu'ils sont velus dans le *R. horridicaulis*. A la maturité, les carpelles sont un peu coniques et souvent fortement sillonnés.

29 *bis* R. brachyadenes Müll. — Cette plante, selon M. Müller, est le type du *R. brachyadenes*. Elle ne diffère, en effet, de la plante que nous avons déjà publiée, que par des caractères insignifiants. Les différences les plus saillantes consistent dans un développement plus considérable de toutes les parties, ce qui tient à la fertilité du sol où elle se trouve.

79. R. debilis N. Boul. — Tige faible, procombante, cylindrique, garnie d'une villosité étalée, courte, de glandes pourpres, fines, nombreuses, de quelques soies et d'aig. très petits, espacés, déclinés, ou en partie falcif. vers le sommet.

Pétiole arrondi en dessus, garni d'aig. falciformes.

Feuilles petites, épaisses, vertes et peu velues, simplement et finement dentées; dents ovales arrondies ou triangulaires, surmontées d'un mucron diversement étalé. Cette dentelure fine rend le contour des feuilles très net et caractéristique.

Ord^t 3 fol.; 1-2 feuilles seulement au milieu de la tige ont 4-5 folioles; la terminale briev^t ovale-oblongue ou même lég^t obovée, arrondie, à peine émarginée à la base, médiocrement et finement acuminée.

Rameau florif. arrondi, velu, finement glanduleux, garni d'aig. fines, inégales, déclinés.

3 fol. vertes; la terminale lég^t obovée.

Inflorescence courte, corymbiforme, commençant à l'aisselle des 1-2 f. sup. ternées par de longs pédonc. étalés, pluriflores, munie ensuite ord^t jusqu'au sommet de folioles ovales, composée de pédonc. divariqués plus longs que les pédicelles.

Axe un peu flexueux, mais non arqué, garni ainsi que les pédonc. de glandes pourpres abondantes, de quelques petits aig. et d'une villosité étalée.

Bouton floral, briev^t conique, aplati à la base, grisâtre, finement glanduleux, à peine aciculé; divisions du calice réfléchies, assez longt^t acuminées.

Pétales médiocres, obovés-oblongs, larg^t onguic., blancs.

Etamines blanches plus longues que les styles; ceux-ci rosés à la base.

Cette espèce fructifie très mal. Serait-ce un hybride?

80. **R. bilobus** N. Boul. — Tige foliif. arquée-procomb., cylindrique à la base, anguleuse au sommet, garnie de petits aig. à base peu dilatée, très inégaux, nombreux, déclinés, de soies grêles, en partie glandulif., de glandes fines éparses, et d'une villosité courte, fournie.

Pétiole plan en dessus, muni d'aig. dont les postér. sont lég' falcif.

Feuilles vertes et couvertes de poils rudes sur les deux faces, finement et assez régul' dentées ; dents général' ovales, mucronées.

Fol. 3 ; la terminale oblongue-rhomboïdale, entière ou à peine émarginée à la base, rétrécie et finement acuminée.

Rameau florif. assez grêle, anguleux, dressé, garni d'aig. fines très déclinées ou lég' falciformes, de soies et de glandes pourpres, abondantes. 3 fol. pâles, couvertes d'une villosité rude et fournie sur les deux faces, en partie doublement dentées ; la terminale rhomboïdale, entière à la base, brièv' acuminée.

Inflorescence dressée, oblongue, arrondie au sommet, interrompue, commençant à l'aisselle des 1-3 f. sup. ternées par des pédonc. allongés, étalés, garnie ensuite de 1-2 fol. ovales, libre enfin dans son tiers supérieur, et composée de quelques pédonc. 3-flores plus longs que les pédicelles, accompagnés de bractées linéaires qui atteignent les fleurs.

Axe et pédonc. garnis de petites aig. éparses, de glandes fines sur un fond grisâtre-tomenteux.

Bouton floral conique, tomenteux, couvert de soies glandulif. et de glandes pourpres ; divisions du calice ovales, long' et finement acuminées, étalées-réfléchies.

Pétales petits, blancs, étroitement oblongs, profondément échancrés au sommet, velus.

Etamines plus courtes d'un tiers que les styles ; ceux-ci verdâtres.

Capitule fructif. petit, conique ; carpelles lisses, très velus dans la jeunesse.

Séminaire de Saint-Dié (Vosges). *Mai 1868.*

N. BOULAY.

Saint-Dié, Typog. et Lithog. de Ed. Trotot.

DESCRIPTION DES ESPÈCES

D'APRÈS

DES NOTES PRISES SUR LE FRAIS,

81. **R. spinulatus** N. Boul. — Tige nettement angul., à faces planes, garnie d'une villosité rude, de glandes fournies, très inégales, les plus grandes sétacées, armée d'aig. rapprochés, très inégaux, à base conique peu dilatée, droits, peu vulnérants.

Pétiole plan en dessus, garni d'aig. dont les postér. sont falciformes.

Feuilles vertes et brièv' velues, régul' et finement dentées; dents petites, ovales, assez profondes, acuminées.

Fol. 4-5, au milieu de la tige, 3, pour le reste; la terminale obovée-orbiculaire, un peu émarginée à la base, subitement contractée au sommet, puis finement acuminée.

Rameau florif. anguleux, velu, finement glanduleux, garni d'aig. fins, subulés, rougeâtres. Fol. 3, vertes et velues comme les caulin., finement dentées; la terminale suborbiculaire, entière à la base, acuminée.

Inflorescence médiocre, obovée-arrondie au sommet, commençant à l'aisselle des 2-3 f. supér. ternées, munie ensuite d'une foliole, libre enfin dans son tiers supérieur, composée alors de pédonc. divariqués, plus longs que les pédicelles, accompagnés de bractées qui atteignent presque les fleurs.

Axe et pédonc. velus, glanduleux, garnis de longues aiguilles déclinées.

Calice finement glanduleux, lég‘ aciculé, à divisions
brièv‘ acuminées, constamment réfléchies ou en partie
redressées sur le fruit.

Pétales médiocres, larg‘ ovales, obtus, émarginés au
sommet, blancs, velus, ciliés.

Etamines blanches, dépassant un peu les styles qui
sont rosés à la base. Jeunes carpelles glabres.

Capitule fructif. petit, globuleux; carpelles peu nombreux, arrondis, déprimés à la base du style avant la
pleine maturité.

82. R. piletocarpus N. Boul. — Cette espèce diffère du *R. congestiflorus* Müll. par les caractères suivants :

Tige très obtusément angul., moins velue, garnie d'aig.
grèles, subulés, à base très peu dilatée, simplement déclinés, à peine courbés même au sommet.

Aig. du pétiole falcif., moins crochus.

Feuilles tendant à devenir grisâtres-tomenteuses en
dessous; 5 fol. au milieu de la tige. Rameau florif.
garni d'aig. moins courbés; folioles plus allongées, plus
long‘ acuminées.

Bouton floral conique, aplati à la base, aciculé, glanduleux; divisions du calice plus long‘ acuminées.

Styles pâles, jaunes-verdâtres. Jeunes carpelles très
velus.

Capitule fructif. ovale-oblong, gros; carpelles ovales
gonflés, déprimés à la base du style, fortement pubescents jusqu'à la fin.

Maturité précoce.

83. R. flaccidifolius Müll. — Tige vigoureuse,
obtusément angul., à faces planes, couverte d'un mélange
confus de poils étalés, de glandes abondantes et de soies,

armée d'aig. épars, petits, à base allongée, déclinés, peu vulnérants.

Pétiole plan en dessus, garni d'aig. dont les postér. sont courbés.

Feuilles général' très grandes, glabrescentes en dessus; très briev' et peu velues en dessous, superficiellement dentées; dents un peu inégales, arrondies, mucronées. 3, plus rarement 5 folioles, général' convexes et à pointe un peu courbée en dessous; la terminale larg' obovée, arrondie et nettement émarginée à la base, médiocrement acuminée.

Rameau florif. court, épais, obtusément anguleux, velu, garni de glandes fines, abondantes, et de petits aig. déclinés.

Fol. vertes, un peu plus velues que les caulin.; la terminale subrhomboïdale, presque entière à la base, aiguë ou briev' acuminée.

Inflorescence maigre, commençant à l'aisselle des 3-4 f. supér. ternées, dans les éch. vigoureux, munie ensuite d'une fol. ovale, puis terminée par un petit bouquet de fleurs rapprochées (10 environ), habituellement dépassées par les feuilles; pédonc. plus courts que les pédicelles, accompagnés de bractées qui atteignent les fleurs.

Axe un peu flexueux, mais non arqué, garni de glandes très abondantes, de soies et de quelques aiguilles courtes, non vulnérantes.

Sépales étalés ou réfléchis. Pétales petits, ovales-lancéolés, blancs.

Etamines blanches égalant les styles ou un peu plus courtes. Styles verdâtres.

Fruit hémisphérique arrondi; carpelles peu nombreux, ovales, dépourvus de sillon, pubescents au sommet.

84. **B. lutescens** N. B. — Tige élevée, procombante, arrondie infér', anguleuse vers l'extrémité, garnie

d'une villosité fournie, de glandes pâles, très-fines, abondantes, de quelques soies et d'aig. inégaux, à base conique, déclinés, faibles, médiocrement fournis.

Pétiole nettement canaliculé en dessus, garni d'aig. falciformes.

Feuilles vertes et peu velues sur les deux faces, doublement dentées vers le sommet des folioles; dents inégales, ovales, assez grandes, aiguës ou brièv^t mucronées.

3 fol. dans les f. inférieures, 5 du reste; la terminale orbiculaire dans les f. moyennes, ovale ou oblongue dans les autres, nettement échancrée à la base, long^t acuminée.

Rameau florif. obtusément anguleux, flexueux, revêtu comme la tige. Feuilles convexes, doublement et grossièrement dentées; foliole terminale largement ovale, émarginée à la base.

Inflorescence très interrompue, fléchie en zigzag, médiocre, commençant à l'aisselle des 2-3 f. supér. ternées par des pédonc. géminés, dont l'un uniflore, et l'autre pluri-multiflore, divariqué, munie ensuite d'une foliole ovale, libre enfin et composée d'un bouquet de fleurs ovale-arrondi; pédonc. étalés, 3-flores, égalant à peine les pédicelles; les bractées lancéolées ou linéaires atteignent les fleurs.

Axe et pédonc. veloutés, garnis de glandes fines, abondantes, et de quelques aiguillons sétacés, rares.

Bouton floral gros, hémisphérique, déprimé, pubescent, finement glanduleux et aciculé; divisions du calice ovales, médiocrement acuminées, constamment réfléchies.

Pétales dressés, concaves, oblongs, obtus, larg^t onguiculés, pubescents, médiocres, blancs.

Étamines blanches, plus longues que les styles; ceux-ci verdâtres, fasciculés. Jeunes carp. munis de quelques poils.

Capitale fructif. globuleux; carpelles peu nombreux, gonflés, glabres et lisses au moment de la pleine maturité.

85. R. miostylus N. B. — Cette espèce, à comparer par la culture avec le *R. emersistylus*, s'en distingue par les caractères suivants :

Toutes les parties de la plante, la tige et le rameau florif. surtout, sont plus velues, bien que l'espèce croisse dans des lieux plus ombragés et plus humides que le *R. emersistylus*. La fol. terminale est plus régul' ovale, tandis que, dans le *R. emersistylus*, elle est constamment un peu contractée vers la base, à partir du milieu. La denticulation des feuilles présente aussi quelques différences. Les aiguilles sont plus fournies et plus développées, surtout sur les pétioles.

Le rameau florif. est plus vigoureux, plus armé; l'inflorescence beaucoup plus riche et plus fortement arquée-pendante.

Les pétales, au contraire, sont plus petits, plus oblongs; les étamines sont constamment plus longues que les styles, tandis que, dans le *R. emersistylus*, les étamines qui égalent d'abord les styles, sont ensuite dépassées par ces derniers. Enfin, les carpelles velus dans le *R. miostylus*, sont glabres dans l'autre espèce.

86. R. tereticaulis Müll. — Tige foliif. procombante, très obtusément angul., arrondie, garnie d'une villosité courte, crépue, de glandes fines, rougeâtres, abondantes, de quelques soies et d'aiguilles inégales, les unes assez longues, droites.

Pétiole convexe en dessus, armé d'aig. droites.

Feuilles vertes et munies d'une villosité courte et peu fournie sur les deux faces, régul' et simplement dentées; dents ovales-arrondies, peu profondes, brièv' acuminées.

3 fol., parfois 4, peut-être aussi 5, au milieu de la tige; la terminale oblongue, lég' rhombée ou obovée, lég' émarginée à la base, régul' rétrécie, long' et finement acuminée.

Rameau florif. arrondi, brièv' velu, finement glanduleux, muni de quelques aiguilles molles. 3 fol. un peu plus
velues que les caulin.; la terminale étroitement obovée, à
peu près entière à la base, finement acuminée.

Inflorescence arquée-penchée, étroite, allongée, commençant à l'aisolle des 1-3 f. sup. ternées, munie ensuite
de 2 fol. ovales, puis libre et dépassant les f. de sa moitié
supérieure, composée alors de pédonc. très étalés ou divariqués, bientôt divisés en 2-3 pédicelles plus longs, accompagnés de bractées fines qui atteignent les fleurs.

Axe et pédonc. faiblement aciculés, finement tomenteux,
pubescents, garnis de glandes fines, rougeâtres, très
abondantes.

Bouton floral nettement aplati à la base, tomenteux,
fiuement glanduleux; divisions du calice finement acuminées, étalées, incomplètement redressées sur le fruit.

Pétales assez petits, blancs, oblongs, larg' onguiculés.

Etamines blanches, d'abord plus longues que les styles,
puis dépassées par ces derniers dès la chute des pétales;
ils sont roses à la base.

Capitule fructif. globuleux; carpelles ovales, non déprimés à la base du style, glabres.

87. **R. longipes** N. B. — Tige couchée, cylindrique,
anguleuse vers l'extrémité seulement, garnie d'aiguilles
faibles, peu nombreuses, de soies glandulif., de glandes
inégales, abondantes, et de poils crépus, épars.

Pétiole presque plan en dessus, garni d'aig. dont les
postérieurs sont lég' courbés. Stipules filiformes.

Feuilles fermes, d'un vert luisant en dessus, glabrescentes en dessous; dents simples, superficielles, inégales,
arrondies, brièv' mucronées.

3-5 fol., ord^t 3 ; la terminale ovale-oblongue, obovée dans les f. supérieures, à peine émarginée à la base, brusquement et médiocrement acuminée.

Rameau florif. grêle, arrondi, garni d'aiguilles faibles et rares, de soies fines et de glandes inégales, abondantes, sur un fond pubescent ; 3 fol. ; la terminale étroitement obovée.

Inflorescence penchée, très diffuse, commençant à l'aisselle des 1-3 f. supér. ternées par des pédonc. grêles, très allongés, divariqués, multiflores, garnie ensuite de 1-3 folioles lancéolées, libre enfin dans la moitié supérieure, composée alors de pédonc. très longs, grêles, divariqués, 1-2-flores, accompagnés de bractéales très courtes.

Axe et pédonc. presque inermes, garnis de quelques soies, de glandes fines, abondantes, sur un fond tomenteux peu fourni.

Bouton floral très-petit, conique, tomenteux-verdâtre, finement et très glanduleux ; divisions du calice lancéolées, finement acuminées, étalées, puis redressées.

Pétales blancs, petits, ovales ou ovales-oblongs, brièv^t onguiculés.

Etamines un peu plus courtes que les styles ; ceux-ci roses.

Carpelles peu nombreux, oblongs, ord^t sillonnés, velus.

88. **R. erythradenes** Müll. — Voir les descriptions des *R. emersistylus* et *miostylus*, à part les différences qui suivent :

Tige parfaitement cylindrique, garnie d'aiguilles et de soies plus nombreuses et plus longues.

Feuilles plus grossièrement et plus inégalement dentées, mucron souvent étalé. Foliole terminale elliptique, lég^t obovée, plus échancrée à la base, plus long^t acuminée.

Rameau florif. plus fléchi en zigzag, muni de feuilles plus fortement dentées ; la fol. terminale obovée-allongée, long[t] acuminée.

Inflorescence plus développée, plus fortement arquée-pendante, commençant à l'aiselle des 3 f. supér. ternées par des pédonc. étalés, munie ensuite de 1-3 fol. ovales-lancéolées, libre enfin et dépassant assez long[t] les feuilles, composée alors de pédonc. tres étalés ou divariqués, beaucoup plus courts que les pédicelles qui s'étalent en divers sens, accompagnés de bractées qui atteignent à peine les fleurs.

Divisions du calice redressées sur le fruit.

Pétales plans, étalés en étoile. Etamines nombreuses, constamment plus longues que les styles ; ceux-ci rosés à la base, jaunâtres au sommet.

89. **R. Pierrati** N. B. — Tige couchée, vigoureuse, cylindrique, angul. à l'extrémité seulement, garnie d'aiguilles espacées, faibles, de soies en partie glandulf., abondantes, de glandes inégales très nombreuses, et de poils assez fournis.

Pétiole plan, garni d'aig. dont les postér. sont faiblement courbés.

Feuilles vertes et glabrescentes sur les deux faces, doublement dentées ; dents ovales, long[t] acuminées, conniventes.

3-5 fol. ; la terminale larg[t] obovée-rhombée, lég[t] émarginée à la base, finement et long[t] acuminée.

Rameau florif. garni d'aiguilles fines, de soies et de glandes très abondantes, finement velu. Feuilles un peu plus velues que les caulin., doublement dentées et comme incisées ; la fol. terminale rhombée, entière à la base, aiguë au sommet.

Inflorescence d'un beau développement, arquée-pendante, commençant à l'aisselle des 2-5 f. sup. ternées par des pédonc. étalés, souvent géminés, garnie ensuite d'une fol. ovale, libre enfin dans son 1ṭ3 supérieur, composée alors de pédonc. étalés, général* 1-flores ou irrégul* divisés, accompagnés de bractées lancéolées ou linéaires qui égalent les fleurs.

Axe et pédonc. très chargés de glandes d'un pourpre foncé, de soies glandulif. et de quelques aiguilles faibles, sur un fond tomenteux, blanchâtre.

Bouton floral conique, aciculé et très glanduleux; divisions du calice ovales-lancéolées, très long* acuminées (15 millim.), redressées sur le fruit.

Pétales grands, long* obovés-oblongs, étalés, glabrescents.

Etamines plus longues que les styles; ceux-ci roses, à la fin pourpres.

Jeunes carpelles velus.

90. **R. delicatulus** N. B. — Tige très grèle, cylindrique, garnie d'aig. déclinées, peu nombreuses, de soies, de glandes et d'une pubescence assez fournies.

Pétiole plan; garni de faibles aiguilles.

Feuilles vertes et munies sur les deux faces d'une villosité courte et plus fournie en dessus, finement et simplement dentées; dents ovales-arrondies, long* mucronées.

3 fol.; la terminale ovale, cordiforme à la base, long* rétrécie et finement acuminée.

Rameau florif. très grèle, garni d'aiguilles très fines, de glandes nombreuses et d'une villosité courte, fournie. 3 fol. minces, briève* velues, doublement dentées; la terminale entière à la base, aiguë ou briève* acuminée.

Inflorescence arquée-pendante, briève* oblongue, com-

mençant à l'aisselle des 1-3 f. supér. ternées, garnie en-
suite de 1-2 folioles, libre enfin dans les 2|3 supér., com-
posée alors de pédonc. plus courts que les pédicelles, très
étalés, les inférieurs écartés, les supér. rapprochés.

Axe fortement fléchi en zigzag, garni, ainsi que les
pédonc., d'aiguilles grèles assez nombreuses, de soies et
de glandes très abondantes, sur un fond tomenteux.

Bouton floral obtusément conique, très chargé de glandes poupres, sétacées; divisions du calice oblongues,
long' et finement acuminées, étalées pendant l'anthèse, à
la fin redressées.

Pétales très petits, oblongs, dressés, velus, blancs.

Etamines égalant les styles qui sont rouges à la base.
Jeunes carpelles velus.

Capitule fructif. très-petit; carpelles oblongs, conservant quelques poils, larg' sillonnés sur le dos avant la
maturité.

91. **R. apertiflorus** Müll. — Tige procombante,
arrondie, glaucescente, garnie d'aig. très inégaux, courts,
très déclinés, quelques-uns falciformes, à base dilatée,
assez nombreux, de soies éparses, en partie glandulif., de
glandes nombreuses et d'une villosité étalée, peu fournie.

Pétiole plan, garni d'aig. général' falciformes.

Feuilles vertes, glabrescentes en dessus, brièv' et peu
vélues en dessous; dents irrégulières, très inégales, les
plus grandes triangulaires, cuspidées, divergentes.

3, parfois 4-5 folioles; la terminale ovale-oblongue,
lég' émarginée à la base, assez long' acuminée.

Rameau florif. arrondi, garni d'aiguilles inégales, déclinées, peu nombreuses, de glandes fines, abondantes, et
d'une villosité fournie. 3 fol. vertes, munies de poils rudes

sur les deux faces, grossièrement dentées; la terminale rhombée, entière à la base, aiguë.

Inflorescence corymbiforme diffuse, arquée, courte, commençant à l'aisselle des 1-2 f. supér., par des pédonc. allongés, très divariqués, recourbés, garnie ensuite de 1-2 folioles, libre ensuite, mais à peine élevée au-dessus des feuilles, composée de pédonc. allongés, divariqués, plus longs que les pédicelles.

Axe très flexueux, garni, ainsi que les pédonc., d'aiguilles jaunâtres, éparses, dont quelques-unes sont falciformes.

Calice finement aciculé, glanduleux, velu; divisions étalées ou réfléchies, très long^t acuminées.

Pétales assez grands, oblongs, long^t atténués, onguiculés, presque glabres, dressés, d'un blanc mat.

Étamines et stylés verdâtres, courts, égaux.

Capitule fructif. petit, globuleux, carpelles glabres, aplatis, sillonnés même à la maturité.

92. **R. oliganthos** Müll. — Cette espèce diffère du *R. apertiflorus* par les aig. caulinaires à base presque conique, très peu dilatée.

La foliole terminale des f. caulin. est très brièv^t obovée ou orbiculaire et non ovale-oblongue. Les aiguillons du pétiole sont plus fortement courbés. La denticulation est plus fine, plus régulière; les dents sont ovales-arrondies, mucronées. Les divisions du calice sont redressées et appliquées sur le fruit. Les pétales sont petits, oblongs, chiffonnés; les styles sont rosés à la base. Les carpelles sont glabres dans les deux espèces.

93. **R. chlorostylus** N. B. — Les caractères sui-

vants séparent cette espèce du *R. rostellatus* : Tige cylindrique à la base, plus arrondie, plus velue. Foliole terminale des f. caulinaires plus nettement émarginée à la base; plus généralement 4-5 folioles au milieu de la tige. Rameau florifère plus arrondi, plus hérissé de soies et d'aiguilles, muni de feuilles à 3 fol. dont la terminale est plus étroite, presque lancéolée, émarginée à la base et non entière, au moins dans les f. inférieures.

Inflorescence plus allongée, atténuée et non arrondie au sommet, commençant à l'aisselle des 2-6 f. supér. ternées par des pédonc. étalés-dressés, souvent géminés, garnie ensuite jusqu'au sommet de folioles lancéolées, à la fin linéaires; pédonc. divisés en longs pédicelles ou simples et uniflores, dressés. Axe et pédonc. moins velus, mais plus hérissés de soies et d'aiguilles.

Bouton floral conique, allongé; divisions du calice encore plus long! acuminées, terminées par un acumen souvent foliacé. Pétales beaucoup plus grands, obtus, arrondis au sommet. Etamines plus courtes que les styles. Carpelles tout à fait glabres.

94. R. horridulus Müll. — Tige grèle, arrondie, procombante, glabrescente, chargée d'aiguilles jaunâtres, très abondantes et très inégales, les plus grandes allongées, grèles, à base dilatée, mais peu saillante, déclinées ou lég! falciformes, les plus faibles glandulifères.

Pétiole plan, aussi très garni d'aiguilles jaunâtres, très inégales, toutes droites.

Feuilles minces, vertes, très peu velues sur les deux faces, simplement et régul! dentées; dents ovales, assez grandes, acuminées.

3 fol., les latérales lobées au milieu de la tige; la terminale très larg! oblongue, lég! obovée, à contours arron-

dis, un peu émarginée à la base, finement et assez long' acuminée.

Rameau florif. grêle, obtusément anguleux, un peu velu, garni de glandes pédicellées, fines, nombreuses, de soies et d'aiguilles jaunâtres très grêles, déclinées. 3 fol.; la terminale larg' et peu distinctement obovée, entière à la base, finement acuminée.

Inflorescence pauvre, tronquée, commençant à l'aisselle des 1-2 f. supér., garnie ensuite d'une foliole ovale, libre enfin, mais peu élevée au-dessus des feuilles, composée de pédonc. général' simples, étalés, grêles, accompagnés de bractées linéaires qui n'atteignent pas les fleurs. Axe fléchi à chaque feuille.

Axe et pédonc. garnis d'aig. jaunâtres, droites, de soies fines, de glandes très abondantes sur un fond pubescent.

Bouton floral globuleux, feutré, hérissé de glandes et de soies fines glandulif.; divisions du calice ovales, finement et long' acuminées, réfléchies à l'anthèse, redressées sur le fruit.

Pétales petits, oblongs, long' rétrécis, onguiculés, chiffonnés, glabres, blancs.

Étamines un peu plus courtes que les styles; ceux-ci rosés à la base.

Capitule fructif. petit, globuleux; jeunes carpelles velus.

95. **R. biserratus** Müll. — Espèce distincte du *R. horridulus*. Tige moins arrondie, garnie d'une pubescence fournie, d'aiguilles moins allongées, quelques-unes très lég' courbées, brunes, de glandes plus abondantes, pourpres.

Pétiole garni d'aig. dont les postérieurs sont lég' falciformes.

Feuilles d'un vert foncé, plus velues, doublement dentées; dents arrondies, mucronées. 5 fol., au milieu de la tige; la terminale ovale, nettement cordiforme à la base, plus larg[t] acuminée.

Rameau florif. plus velu, garni d'aig. beaucoup moins longues, quelques-unes lég[t] falciformes. 3 fol. fortement incisées; la terminale ovale-rhombée, lég[t] émarginée à la base, long[t] acuminée.

Inflorescence arquée-penchée, courte, obtuse. Pédonc. axillaires divariqués, parfois réfractés; pédonc. supérieurs très étalés, 1-3-flores, aussi longs que les pédicelles.

Axe et pédonc. feutrés, garnis de petites aiguilles et de glandes très nombreuses.

Bouton floral petit, conique, aciculé, glanduleux; divisions du calice lancéolées, très long[t] acuminées, redressées sur le fruit.

Pétales oblongs, onguiculés, souvent émarginés au sommet, dressés.

Etamines très courtes; styles rouges, dressés; carpelles peu nombreux, glabres.

96. **R. falcatus** N. B. — Cette espèce diffère du *R. biserratus* par les caractères suivants :

Aiguillons de la tige, des pétioles, des rameaux plus robustes, à base rougeâtre, plus dilatée, nettement falciformes. Feuilles simplement et finement dentées; dents ovales-acuminées. 3 fol., rarement 4-5; la terminale larg[t] obovée, lég[t] émarginée à la base, subitement acuminée; la fol. terminale des f. raméales plus courte, simplement aiguë ou brièv[t] acuminée.

Inflorescence moins arquée, tronquée. Pédonc. axillaires étalés; pédonc. libres, plus nombreux, très étalés ou divariqués, plus courts que les pédicelles, accompagnés de bractées qui atteignent à peine les fleurs. Axe et pédonc. très hérissés de soies, de glandes et d'aiguilles, velus. Divisions du calice plus hérissées de soies, un peu moins long¹ acuminées.

Pétales deux à trois fois aussi grands, velus, très étalés.

Etamines plus longues que les styles qui sont rosés à la base.

Carpelles oblongs, glabres.

97. R. brevipes N. Boul. — Cette espèce se distingue des précédentes par son inflorescence allongée, très étroite, long¹ libre, par ses pédonc. courts, simplement étalés, par la forme brièv¹ ovale-oblongue de la foliole terminale des f. caulin. et par le revêtement brun-vineux de toutes les parties de la plante. L'axe est beaucoup moins fléchi en zigzag que dans les *R. falcatus* et *tenuiflorus*.

Bouton floral petit, un peu conique; divisions du calice long¹ et finement acuminées, redressées sur le fruit.

Pétales blancs, petits, dressés, ovales, brièv¹ onguiculés, velus.

Etamines très courtes, long¹ dépassées par les styles qui sont verdâtres. Capitule fructifère ovale-conique; carpelles glabres, aplatis et un peu déprimés au sommet.

98. R. funiculiformis Pierrat. — La tige foliif. ressemble à celle du *R. brevipes;* mais elle s'en distingue par une pubescence beaucoup moins fournie; par la présence de 4-5-fol. aux feuilles; par la foliole terminale plus nettement orbiculaire, plus finement acuminée.

Le rameau florif. pâle, jaunâtre et non purpurin, garni de glandes plus fines, de soies moins nombreuses et plus grèles. Inflorescence plus arquée, moins long[t] libre, plus chargée de folioles ovales ; pédonc. plus étalés, moins régul[t] espacés, en sorte que l'inflorescence est interrompue.

Bouton floral plus aciculé, plus globuleux. Divisions du calice constamment réfléchies, beaucoup plus long[t] acuminées. Pétales oblongs, larg[t] onguiculés, glabrescents, étalés, beaucoup plus grands. Etamines blanches, dépassant les styles qui sont verts, carpelles glabres.

99. **R. deltæfolius** Müll. — Cette espèce diffère du *R. roseiflorus* par sa tige à faces planes, non canaliculées, garnie de quelques glandes pédicellées, armée d'aig. souvent courbés, surtout vers le sommet. Les aig. du pétiole sont fortement courbés, crochus.

Les feuilles sont doublement dentées, à dents plus profondes.

La foliole terminale est élargie, tronquée à la base, de sorte qu'elle prend un aspect général triangulaire, deltoïde.

Inflorescence de forme différente, allongée, oblongue, atténuée au sommet et non corymbiforme. Pétales ciliés sur les bords, plus nettement orbiculaires.

100. **R. amblycaulon** N. B. — Cette espèce voisine du *R. amblystachys* sera décrite en même temps que cette dernière.

Séminaire de Saint-Dié (Vosges). *Juin 1868.*

N. BOULAY.

Saint-Dié, Typog. et Lithog. de Ed. Trotot.

1ʳᵉ LIVRAISON.

1. *Rubus fastigiatus* W et N.
2. — *rosulentus* P. J. Müll.
3. — *hemistemon* P. J. Müll.
4. — *phyllostachys* P. J. Müll.
4 bis. — *id.* *forma angustifolia.*
5. — *speciosus* P. J. Müll.
6. — *procerus* P. J. Müll.
7. — *robustus* P. J. Müll.
8. — *piletostachys* Godr. et Gren.
9. — *umbraticus* P. J. Müll.
10. — *amphichloros* P. J. Müll.
11. — *calvescens* P. J. Müll.
12. — *leucanthemos* P. J. Müll.
13. — *obsectifolius* P. J. Müll.
14. — *horridicaulis* P. J. Müll.
15. — *breviglandulosus* P. J. Müll.
16. — *propendens* N. Boul.
17. — *chlorostachys* P. J. Müll.
18. — *roseiflorus* P. J. Müll.
19. — *cuspidatus* P. J. Müll.
20. — *cœsius* L.

2e LIVRAISON.

2 bis. *Rubus rosulentus* P. J. Müll. *forma umbrosa*.
21.   — *integribasis* P. J. Müll.
22.   — *roseolus* P. J. Müll.
12 bis.   — *leucanthemos* P. J. Müll.
23.   — *hebecarpos* P. J. Müll.
24.   — *uncatispinus* P. J. Müll.
25.   — *corymbosus* P. J. Müll., *forma umbrosa*.
26.   — *lenispiceus* P. J. Müll.
27.   — *subcanus* P. J. Müll.
28.   — *stenobotrys* N. Boul.
29.   — *brachyadenes* P. J. Müll.
30.   — *divexiramus* P. J. Müll.
30 bis.   —   —   — *forma umbrosa*.
31.   — *congestiflorus* P. J. Müll.
32.   — *tenuatispinus* P. J. Müll.
33.   — *acridentulus* P. J. Müll.
34.   — *violaceus* N. Boul.
35.   — *Bellardi* Günth.
36.   — *Gerard-Martini* P. J. Müll.
37.   — *spinosissimus* P. J. M., *var. commutatus*.
18 bis.   — *roseiflorus* P. J. Müll.
38.   — *fasciculatus* P. J. Müll.?
39.   — *degener* P. J. Müll.
40.   — *idœus* L.

TABLEAU SYNOPTIQUE

DES

SECTIONS ET CLÉS DICHOTOMIQUES

CONDUISANT AUX ESPÈCES PUBLIÉES QUI APPAR-
TIENNENT A CES SECTIONS.

I. — TABLEAU DES SECTIONS ET SOUS-SECTIONS.

1re *section*. — **Rubi idæi** Arrhén. monogr. p. 11 et Godr. Fl. de Lorr. 2e éd. p. 245.

Fruit rouge ou jaunâtre ; carpelles se détachant du réceptacle conique. Feuilles pinnées. Stipules adhérentes au pétiole par leur base.

2e *section*. — **Rubi fruticosi vert** Arrhén. monogr. p. 15, Godr. Fl. Lorr. p. 230.

Fruit noir foncé ou glaucescent ; carpelles adhérents à un réceptacle conique et tombant avec lui. Feuilles palmatiséquées. Stipules adhérentes au pétiole par leur base.

1re *sous-section*. — **Rubi suberecti** Müll. in Bonplandia, 1861, p. 278.

Tige dressée, arquée seulement au sommet, glabre et dépourvue de glandes pédicellées, ord¹ anguleuse et armée d'aig. robustes. Feuilles à 5 fol., vertes sur les deux faces. Inflorescence général[t] peu développée; axe pubescent et ord[t] dépourvu de glandes Calice à divisions étalées, imparfaitement réfléchies, ovales, briev[t] acuminées, vertes sur le dos et bordées de blanc. Espèces à floraison général[t] précoce. Elles croissent de préférence dans les haies, les buissons et au bord des bois.

2e *sous-section*. — **Rubi sylvatici** Müll. loc. cit. p. 279.

Les espèces de ce groupe différent des *R. suberecti* par leur tige velue; par le calice velu grisâtre et ord[t] glanduleux, à divisions nettement renversées. Elles se séparent facilement de la sous-section suivante par leurs feuilles vertes ou très imparfaitement blanches-tomenteuses en dessous. Enfin on les distingue des *R. spectabiles* par leur tige armée d'aig. égaux et dépourvue de soies. Elles croissent dans les forêts ombragées, au bord des bois et parfois des chemins.

3e *sous-section*. — **Rubi discolores** Müll. loc. cit. p. 279.

Espèces à tige arquée, anguleuse, armée d'aiguillons robustes, égaux, dépourvue de soies et de glandes ord[t]. Feuilles à 5 fol. blanches-tomenteuses en dessous. Inflorescence ord[t] d'un beau développement oblong ou pyramidal. Calice blanc-tomenteux, à divisions courtes, réfléchies.

On les rencontre sur les coteaux secs, dans les haies, près des chemins, aux lieux découverts et exposés au soleil.

4e *sous-section*. — **Rubi spectabiles** Müll. loc. cit. p. 280.

Groupe peu homogène. Certaines espèces ressemblent

aux *R. discolores;* mais leur tige est armée d'aig. inégaux, garnie de soies et de glandes. Ces mêmes caractères servent encore à distinguer d'autres espèces des *R. sylvatici :* aiguillons inégaux et présence, sur la tige, de soies et de glandes abondantes.

Enfin les espèces qui se rapprochaient des *R. glandulosi* en restent distinctes par des pétales roses ou de forme élargie au sommet, obovés, s'ils sont blancs.

Ce sont des espèces généralement vigoureuses, d'un beau port, à f. raméales supérieures ord¹ grisâtres ou blanches, pendant que les infér. restent vertes en dessous. Elles n'ont pas de station bien déterminée.

5ᵉ *sous-section.* — **Rubi glandulosi** Müll. loc. cit. p. 284.

Tige couchée angul. ou cylindrique, hérissée d'aig. forts ou faibles, de soies et de glandes. Feuilles vertes sur les deux faces; 5 et plus général¹ 3 folioles. Panicule maigre, dressée ou plus souvent arquée-penchée. Axe et pédonc. très glanduleux et aciculés. Calice à divisions réfléchies ou redressées sur le fruit. Pétales petits, étroitement ovales, oblongs ou lancéolés, rétrécis vers le sommet, blancs.

Espèces habitant surtout les forêts humides des régions granitiques et montagneuses, où elles s'élèvent jusqu'aux limites inférieures de la région alpestre.

6ᵉ *sous-section.* — **Rubi triviales** Müll. loc. cit. p. 307.

Espèces se rapprochant des *R. discolores,* par leurs feuilles ord¹ tomenteuses, mais plutôt d'un gris-cendré, que d'un blanc pur d'argent, en dessous. La tige est ord¹ couchée, armée d'aig. médiocres, mais très vulnérants, garnie en outre de soies et de glandes. Le pétiole est fortement canaliculé en dessus. L'inflorescence est maigre ou irrégulièrement développée. La corolle se compose de pétales grands, orbiculaires, ord^t chiffonnés, roses ou blancs.

Les *R. triviales* se trouvent surtout dans les terrains calcaires, dans les haies et au bord des chemins.

3e *section.* — **Rubi herbacei** Arrhén. monogr. p. 52. Godr. loc. cit. p. 230.

Carpelles se détachant d'un réceptacle discoïde. Stipules libres, naissant de la tige.

II. — CLÉS DICHOTOMIQUES POUR LES ESPÈCES.

1. R. suberecti.

1
{ Etamines beaucoup plus courtes que les styles. **R. hemistemon**, n° 3.
{ Etam. plus longues que les styles ou les égalant presque. 2.

2
{ Inflorescence munie de glandes pédicellées. **R. griseicalyx**, n° 62.
{ Plantes dépourvues de glandes pédicellées. 3.

3
{ Fol. terminale des f. caulin. entière à la base. **R. integribasis**, n° 21.
{ Fol. terminale cordiforme. 4.

4
{ Tige canaliculée sur les faces dès au-dessous du milieu. **R. fastigiatus**, n° 1.
{ Tige plane sur les faces jusqu'au delà du milieu. 5.

5
{ Etamines plus longues que les styles. Inflorescence corymbiforme. **R. rosulentus**, n° 2.
{ Et. égalant à peine les styles ou un peu plus courtes; inflorescence oblongue, étroite, feuillée. **R. spicifolius**, n° 61.

2. R. sylvatici.

1 { Tige glabrescente; f. très brièv^t velues, parfois un peu grisâtre en dessous. 2.
Tige hérissée de poils étalés; f. veloutées en dessous. 5.

2 { Jeunes carpelles velus. **R. implacitus**, n° 42.
Carpelles glabres. 3.

3 { Aiguillons petits et très déclinés, courbés. **R. calvescens**, n° 11.
Aig. robustes et implantés presque perpendiculairement. 4.

4 { Rameau florif. arrondi; pétales étroit^t obovés. **R. gratiflorus**, n° 64.
Rameau fl. très anguleux; pet. larg^t ovales. **R. sterecanthos**, n° 47.

5 { Fol. terminale des f. caul., entière à la base. 6.
Fol. term. émarginée ou cordiforme. 7.

6 { Inflorescence allongée; pétales blancs. **R. amphichloros**, n° 10.
Inflorescence courte; pét. d'un beau rose clair. **R. umbraticus**, n° 9.

7 { F. à 3 fol.; pétales blancs. **R. linguiferus**, n° 63.
F. à 5 fol.; pétales rosés. 8.

8 { Tige presque couchée, arrondie jusqu'au milieu. **R. obœsus**, n° 41.
Tige élevée, angul., souvent même caniculée. **R. piletostachys**, n° 8.

3. R. discolores.

1 { Feuilles grisâtres - tomenteuses en dessus. **R. collinus**, n° 65.
F. vertes et glabrescentes en dessus. 2.

2 { Pédonc. nettement divariqués. **R. speciosus.** n° 5.
Pédoncules ascendants. 3.

3 { Fol. terminale caulin. orbiculaire, émarginée à
la base. **R. robustus**, n° 7.
Fol. terminale ovale ou obovée. 4.

4 { Fol. terminale larg¹ ovale cordiforme.
R. phyllostachys, n° 4.
Fol. terminale obovée ou tronquée à la base. 5.

5 { Rameau florif. grèle, presque inerme.
R. roseolus, n° 22.
Rameau fl. robuste, épais, armé d'aig. robustes
et nombreux. **R. procerus.** n° 6.

4. R. spectabiles.

1 { Axe florif. et bouton floral munis d'une villosité
étalée, longue et fournie. 2.
Ces organes simplement tomenteux ou pubescents. 7.

2 { Tige nettement anguleuse dès la base. 3.
Tige obtusément angul., arrondie à la base. 4.

3 { Tige et bouton floral chargés de glandes fines.
R. longithyrsus, n° 77.
Tige et bouton floral à peine glanduleux.
R. piletocaulon., n° 43.

4 { Fol. terminale suborbicul., nettement cordiforme. **R. hirsuticalyx**, n° 74.
Fol. term. obovée ou oblongue, lég¹ émarginée
ou entière. 5.

5 { Bouton floral fortement aciculé. **R. collivagus**, n° 68.
Bouton floral inerme ou faiblement aciculé. 6.

6 { Inflorescence pyramidale, lâche, pédonc. divariqués. **R. subcylindricus**, n° 69.
Infloresc. oblongue, arrondie, pédonc. ascendants. **R. vestiferus**, n° 45.

7 { Etamines plus longues que les styles, ou les
égalant.   8.
Et. notablement plus courtes que les styles dès
l'anthèse.   **R. microstachys**, n° 73.

8 { Tige foliif. glabre.   9.
Tige distinctement velue.   11.

9 { Tige canaliculée sur les faces.   10.
Tige à faces planes.   **R. rectispinus**, n° 72.

10 { Pétales oblongs, rosés, fol. terminale entière.
          R. rudis, n° 48.
Pét. obovés, blancs; fol. term. émarginée.
         R. micradenes, n° 70.

11 { Aig. caulin. droits ou à peine courbés.   12.
Aig. fortement courbés.   **R. uncatispinus**, n° 24.

12 { Pétales orbiculaires d'un rose vif.
        R. conspicuus, n° 66.
Pét. obovés ou ovales, blancs ou d'un rose
pâle.   13.

13 { Inflorescence courte, arrondie ou corymbiforme.   14.
Infloresc. oblongue ou pyramidale, allongée. 16.

14 { Tige arrondie, à faces convexes.   15.
T. nettement angul., à faces planes.
       R. corymbosus, n° 25.

15 { Pétales grands, larg\. ovales, subaigus, blancs.
      R. eurypetalus, n° 75.
Pét. médiocres, obovés, arrondis au sommet,
rosés.   **R. monticolus**, n° 71.

16 { Tige arrondie, très hérissée d'aig. à base
dilatée, de toute grandeur, carpelles fortement velus.   **R. hebecarpos**, n° 23.
Ces caractères n'étant pas réunis.   17.

17 { Pétales rosés à l'anthèse.   18.
Pétales blancs dès l'anthèse.   19.

18 { Jeunes carp. pubescents. **R. leucanthemos**, n° 12.
{ Jeunes carpelles glabres. **R. polyacanthos**, n° 67.

19 { Tige garnie de glandes nombreuses. 20.
{ Tige presque dépourvue de glandes.
R. podophyllos, n° 44.

20 { Feuilles vertes en dessous ; la fol. terminale
ovale. **R. eminens**, n° 46.
{ F. tomenteuses en dessous ; la fol. terminale
obovée. **R. obsectifolius**, n° 13.

5. R. glandulosi.

1 { Inflorescence droite, dressée. 2.
{ Inflorescence arquée, au moins au sommet. 18.

2 { Jeunes carpelles glabres ou presque glabres. 3.
{ Jeunes carp. pubescents ou munis de poils
apparents. 9.

3 { Feuilles vertes en dessous. 4.
{ F. grisâtres-tomenteuses en dessous.
R. subcanus, n° 27.

4 { Infloresc. pyramidale, atténuée au sommet. 5.
{ Infloresc. corymbiforme, courte ou arrondie. 7.

5 { Tige arrondie au milieu. **R. mucronipetalus**, n° 54.
{ Tige angul. à faces planes, au milieu. 6.

6 { Calice inerme ; pédoncules supér. lég^t ascen-
dants. **R. lenispiceus**, n° 26.
{ Calice aciculé ; pédonc. nettement divariqués.
R. divexiramus, n° 30.

7 { Tige cylindrique. **R. debilis**, n° 79.
{ Tige anguleuse. 8.

8 { Inflorescence feuillée jusqu'au sommet ; feuilles
très-grandes. **R. flaccidifolius**, n° 83.
{ Inflorescence libre et élevée au-dessus des f.
au sommet, feuilles médiocres.
R. spinulatus, n° 81.

9 { Tige arrondie au milieu. 10.
  { Tige nettement anguleuse, à faces planes. 12.

10 { Inflorescence allongée, libre dans la 1|2 supé-
     rieure. **R. chlorostachys**, n° 17.
   { Inflor. garnie de grandes folioles jusqu'au
     sommet. 11.

11 { Calice très hérissé de soies. **R. intractabilis**, n° 51.
   { C. glanduleux, à peu près inerme.
                        R. aristicalyx, n° 52.

12 { Sépales redressées sur le fruit.
                    R. congestiflorus, n° 31.
   { Sép. constamment étalés ou réfléchis. 13.

13 { Aig. de l'axe florifère falciformes. 14.
   { Aig. de l'axe droits. 16.

14 { Feuilles vertes en dessous. 15.
   { F., surtout les raméales, grisâtres-tomenteuses
     en dessous. **R. horridicaulis**, n° 14.

15 { Foliole caulinaire terminale, ovale-oblongue.
                    R. breviglandulosus, n° 15.
   { Foliole terminale obovée-rhomboïdale.
                    R. brachyadenes, n° 29.

16 { Tige velue. 17.
   { Tige glabrescente. **R. cavatifolius**, n° 49.

17 { Foliole caulin. terminale, orbiculaire, nette-
     ment cordiforme. **R. Jacqueli**, n° 51.
   { Fol. caulin. terminale, ovale ou rhombée,
     lég¹ émarginée à la base. **Gérard-Martini**, n° 36.

18 { Etamines beaucoup plus courtes que les styles,
     au moment de l'anthèse. 19.
   { Et. presque aussi longues ou plus longues
     que les styles au moment de l'anthèse. 27.

19 { Jeunes carpelles glabres. 20.
   { J. carpelles velus. 22.

20 { Inflor. long^t libre et élevée au-dessus des f. 21.
Inflor. garnie de folioles jusqu'au sommet.
R. **chlorostylus**, n° 93.

21 { Plante d'un vert jaunâtre. R. **mitigatus**, n° 60.
Plante d'un brun foncé, vineux. R. **brevipes**, n° 97.

22 { Bouton floral glanduleux, mais inerme. 23.
Bouton floral aciculé. 24.

23 { Bractées beaucoup plus courtes que les pédoncules qui sont divariqués. R. **longipes**, n° 87.
Bractées en grande partie foliacées, atteignant ou dépassant les fleurs. R. **clinobotrys**, n° 56.

24 { Fol. caulin. terminale entière. R. **bilobus**, n° 80.
Fol. caulin. terminale, profondément échancrée à la base. 25.

25 { Feuilles doublement dentées. 26.
F. simpl^{nt} et régul^t dentées. R. **violaceus**, n° 34.

26 { Inflorescence allongée, étroite, atténuée.
R. **piletocarpus**, n° 82.
Infl. courte, arrondie ou tronquée au sommet.
R. **biserratus**, n° 95.

27 { Tige anguleuse au milieu. 28.
Tige arrondie, cylindrique au milieu. 31.

28 { Jeunes carpelles glabres. 29.
J. carpelles velus. 30.

29 { Fol. caulin. terminale, nettement cord.; bouton floral presque inerme. R. **stenobotrys**, n° 28.
Fol. caulin. terminale lég^t émarginée à la base; bouton floral très hérissé de soies.
R. **præruptorum**, n° 78.

30 { Aig. caul. allongés, vulnérants. R. **varians**, n° 76.
Aig. caulin. faibles, fragiles.
R. **tenuatispinus**, n° 32.

31 { Sépales constamment réfléchis. 22.
Sép. redressés sur le fruit. 34.

32 { Pédonc. étalés ascendants.   32..
     Péd. nettement divariqués. **R. apertiflorus**, n° 91.

33 { Tige vigoureuse, très velue; pétiole canali-
     culé en dessus.   **R. lutescens**, n° 84.
     Tige grêle, peu velue; pétiole plan.
         R. funiculiformis, n° 98.

34 { Tige glabre ou glabrescente au milieu.   35.
     Tige couverte au milieu d'une villosité
     fournie.   38.

35 { Etamines notablement plus longues que les
     styles.   36.
     Et. égalant à peine les styles ou lég[t] plus
     courtes à l'anthèse.   37.

36 { Feuilles caul. à 5 folioles. **R. erythradenes**, n° 88.
     F. à 3 folioles.   **R. Bellardi**, n° 35.

37 { Carpelles glabres.   **R. emersistylus**, n° 55.
     C. velus.   **R. horridulus**, n° 94.

38 { Tige garnie, au milieu d'aig. falciformes, au
     moins en partie.   39.
     Tige garnie d'aig. droits.   41.

39 { Fol. caulin. terminale ovale-rhombée.
         R. rostellatus, n° 59.
     Fol. terminale brièv[t] et largement obovée. 40.

40 { Bouton floral très aciculé; pétales grands,
     lisses.   **R. falcatus**, n° 96.
     Bouton fl. presque inerme; pétales petits,
     chiffonnés.   **R. oliganthos**, n° 92.

41 { Bouton floral glanduleux, mais inerme.   42.
     B. floral aciculé.   46.

42 { Fol. caulinaire terminale, nettement cordiforme
     à la base.   44.
     Fol. terminale lég[t] émarginée à la base. 43.

43 { Pétales oblongs, obtus.   **R. tereticaulis**, n° 86.
     Pétales lancéolés aigus.   **R. stellatiflorus**, n° 57.

Saint-Dié, Typ. et Lith. de Ed. Trotot.